OMICIDIO A MANHATTAN

Romanzo di
JAMES PATTERSON
e JAMES O. BORN

Traduzione di
DIANA VOLONTÉ

LONGANESI

Longanesi & C. © 2023 - Milano
Gruppo editoriale Mauri Spagnol

www.longanesi.it

ISBN 978-88-304-6061-4

Titolo originale
Ambush

OMICIDIO A MANHATTAN

A Donna, Emily e John

1

Guardavo il condominio di otto piani su 161st Street, più o meno a mezzo isolato da Melrose Avenue. Non aveva niente di speciale. La facciata era punteggiata di vecchi condizionatori d'aria, ma il luogo conservava un certo fascino. Naturalmente, dopo anni a pattugliare i quartieri più sgradevoli di New York, sapevo già cosa aspettarmi all'interno.

Io e il mio partner, Antrole Martens, eravamo seduti nella sua Crown Victoria. Per tradizione l'auto più malandata della nostra unità andava alla recluta della squadra. Martens aveva accettato di buon grado l'assegnazione di quella macchina di merda durante i primi sei anni nel dipartimento di polizia di New York, nonostante il vago odore di vomito che vi aleggiava. Aveva capito di doversi guadagnare il posto all'interno dell'unità, anche se non c'erano dubbi che la sua stella fosse in ascesa. Io lo ritenevo esattamente il tipo di poliziotto di cui avevamo bisogno in un ruolo di comando.

Speravo che l'operazione di arresto filasse liscia. Ricordavo ancora il mio primo arresto alla Omicidi, un pappone di nome Hermine Paschual. Aveva accoltellato un cliente che aveva avuto da ridire sul prezzo. All'epoca pensavo che lavorando in polizia avrei salvato il mondo.

Ora era compito mio assicurarmi che le cose andassero per il verso giusto. «Quanto sei sicuro di questa soffiata?»

Sorrise. «Abbastanza sicuro da trascinarmi dietro anche te.»

«Aspetta che i tuoi figli crescano un po' e che la vita diventi ancora più complicata, poi vedremo quanto prenderai seriamente le soffiate anonime.»

Antrole rise. «Ecco perché mi fermo a due bambini. Pensare a te che ne gestisci dieci mi fa girare la testa.»

«Pensa cosa provoca a me.» Proprio allora squillò il telefono. Vidi che era la mia figlia maggiore, Juliana. «Ciao, bellezza», risposi come facevo sempre.

«Ehi, papà!»

Nessun disprezzo adolescenziale quel giorno. Era emozionata per qualcosa.

«Che succede, tesoro?»

«Buone notizie. Ma devo dirtele di persona.»

«Stasera a cena?» Sorrisi nel sentirla ridere. Era raro, quindi doveva trattarsi di qualcosa di davvero bello. Mi balenò nel cervello Harvard. Anche se avrei preferito la Columbia, a pochi isolati dal nostro appartamento nell'Upper West Side.

«Non vedo l'ora. Lo dirò a tutta la famiglia in una volta sola. Ora devo andare. Ciao, papà, ti voglio bene.»

Prima che riuscissi a rispondere, aveva già chiuso la telefonata.

«Possiamo fare un po' i poliziotti, ora? Dopotutto questa soffiata era destinata a te. È stato solo un caso che abbia risposto io al telefono sulla tua scrivania», disse Antrole.

« Chiediamo a Alice e Chuck di unirsi a noi. Magari anche a Harry. »

« Vuoi fare una festa? Possiamo sballarci anche da soli. Se siamo solo noi ci prendiamo tutta la gloria, e poi sarà più facile parlare con quel tizio. »

« È sospettato di omicidio. »

« E noi siamo due detective del dipartimento di polizia di New York. Un tempo si andava da soli. »

« Sì. E infatti ci sparavano più spesso. »

« Devo obbligarti a seguirmi? Oltretutto, se passiamo qualche minuto da soli con questo tizio, magari si mette a cantare. »

La sua emozione era contagiosa. « Odio dar ragione ai novellini. Andiamo. »

2

Non appena scendemmo sul marciapiede fummo subito catalogati come poliziotti da tutti gli abitanti del quartiere. Non che fossimo sotto copertura, ma un giovane uomo di colore in completo elegante e un bianco più vecchio con una giacca sportiva a coprire la pistola spiccavano: in uniforme avremmo dato meno nell'occhio.

Il nostro sospettato aveva sparato a un cliente che non aveva pagato una busta di eroina. Era accaduto di fronte a un negozio di alimentari a Midtown, davanti a una folla di testimoni. Una pessima strategia di business da tutti i punti di vista.

La soffiata diceva che il sospettato era nell'appartamento 416. Non mi fidavo del fatto che quell'ascensore fosse in grado di salire quattro piani, così prendemmo le scale nonostante le obiezioni di Antrole. Questo mi concesse qualche minuto in più per parlare con il mio testardo partner.

«Niente di fantasioso. Bussiamo e speriamo che risponda. Magari proviamo a vedere se la porta è chiusa a chiave. Altrimenti escogitiamo un altro piano che potrebbe coinvolgere anche la SWAT. Siamo d'accordo?»

Antrole annuì.

A ogni pianerottolo mi fermavo un attimo per farmi un'idea dell'ambiente circostante. Antrole probabilmente credeva che dovessi riprendere fiato, ma quella scalata non era niente in confronto alle partite di basket con i miei figli. Me la prendevo con calma perché ogni condominio ha la sua aura. A volte sono gli inquilini, a volte la zona in cui si trova. Entrambe queste cose possono ucciderti se non stai attento.

«Sei pronto? Comunque andrà, hai fatto un buon lavoro seguendo questa pista. Ora dobbiamo usare il cervello», dissi, arrivati al quarto pianerottolo.

«Non c'è bisogno che mi parli come se fossi appena uscito dall'accademia. Ho quattro anni di esperienza di pattuglia e due all'ufficio investigativo. Sono nuovo solo per la Omicidi. I detective della Omicidi non sono gli unici a eseguire arresti.»

«Non ce n'è *bisogno*, ma mi piace. Uno dei vantaggi dell'anzianità di servizio.»

Sorrise, e lo apprezzai. La complicità con un nuovo partner va sempre costruita pian piano, ma quel tizio era a posto.

«Il sospettato potrebbe essere la chiave per alcuni degli omicidi irrisolti legati allo spaccio di eroina che sono stati commessi da queste parti», disse.

«Potrebbe.»

Antrole stava esaminando il quadro generale, cosa rara per un detective appena arrivato alla Omicidi. Si dimostrava molto promettente.

Il corridoio del quarto piano era vuoto. Era sempre un bene. Mi fermai vicino alla tromba delle scale e ascoltai i rumori del condominio per almeno un minuto intero. Niente di insolito. Musica latinoamericana in uno degli appartamenti, in un altro qualcuno che parlava a voce alta.

Mentre procedevamo con cautela lungo il corridoio, sentii un'altra tv che trasmetteva un talk show quotidiano. La moquette scadente ricopriva in maniera irregolare un pavimento di legno che altrimenti avrebbe amplificato ogni rumore. Un'ampia serie di finestre all'estremità del corridoio ne attenuava l'atmosfera cupa.

Arrivammo davanti all'appartamento 416. Antrole scivolò dall'altra parte della porta ed estrasse la sua Glock di servizio. Nonostante mi sembrasse un po' prematuro, tirai fuori anch'io la pistola.

Rimanemmo in ascolto alla porta, appoggiai una mano per vedere se avvertivo delle vibrazioni. Al mio tocco la porta si aprì a sorpresa di qualche centimetro.

Guardai Antrole, che sporse la testa per sbirciare all'interno.

Era una situazione insolita. Gli spacciatori di quella zona raramente lasciavano la porta chiusa senza chiavistello, figuriamoci completamente aperta. Meno male che almeno ogni tanto qualcosa andava liscio.

Dalla mia angolazione potevo vedere il sospettato che stavamo cercando seduto su un divano sotto una grande finestra sporca.

Aveva la testa reclinata sullo schienale. Non si muoveva. Feci un segnale ad Antrole per fargli capire che vedevo qualcuno all'interno.

Lui annuì e si voltò prima che potessi avvertirlo di aspettare.

In quel momento un'ombra passò davanti alla porta aperta. Poi udii una sola parola. Come un ordine. Non sapevo neanche che lingua fosse. Ma gli spari che seguirono furono inequivocabili.

La porta esplose e Antrole si tuffò davanti all'ingresso con la pistola spianata.

Mi accovacciai rapidamente e sparai un paio di colpi all'interno dell'appartamento. Non miravo a un bersaglio, era solo per costringere al riparo i tiratori. Dovevamo andarcene, e velocemente.

Gli spari non cessarono.

Era un'imboscata.

3

Alexandra Martinez, detta Alex, puntò la fotocamera digitale Canon EOS 5D Mark III SLR verso il più alto dei tre ragazzi, vestito solo in slip bianchi attillati. Gli addominali di tutti e tre sembravano gli stampini del ghiaccio e le loro braccia sfoggiavano la giusta dose di muscoli. Ma il più alto, Chaz, era speciale. La macchina fotografica lo adorava.

Senza volerlo, Alex rimproverò il modello vicino a Chaz solo perché gli si era avvicinato troppo. Era come l'apparizione di un personaggio di Matt Groening in un quadro di Renoir.

La cima di quell'edificio nel quartiere di Morrisania, nel Bronx, forniva un interessante sfondo urbano, oltre a un opportuno posto in prima fila per l'altro lavoro che doveva portare a termine. Fotografare modelli seminudi era divertente, ma non pagava le bollette.

Non era una coincidenza. Alex aveva pianificato la sessione fotografica fino all'ultimo dettaglio, compresa la location. Proprio come era solita fare per tutto.

Guardò l'orologio. Erano lì da più di due ore, ma lei poteva terminare in qualsiasi momento. Era questo il vantaggio di essere preparati: si ottenevano velocemente gli scatti di cui si aveva bisogno.

Poi li udì. Un paio di boati che sembravano venire dall'isolato accanto.

I modelli allungarono il collo, guardarono oltre l'angolo in direzione del rumore. Lei riusciva a vedere la facciata dell'edificio, quella da cui arrivavano gli spari, su 161st Street.

Si allontanò dal suo staff mentre un sorriso le appariva sul volto. C'erano stati molti colpi, anche più di quelli che si aspettava. Michael Bennett era stato giustiziato.

4

Io e Antrole restammo accovacciati. La sparatoria aveva innescato in noi l'istinto di rannicchiarci e farci il più piccoli possibile. Gli aggressori continuavano a sparare alto, come se fossimo ancora in piedi. Era un errore classico. I fori che si aprivano sulla porta e sul muro mi diedero un'idea precisa della posizione dei tiratori all'interno della stanza.

Sia io sia Antrole iniziammo a rispondere al fuoco con le nostre Glock. Gli assalitori avevano perso l'elemento sorpresa e il nostro addestramento e le tattiche della polizia ora avvantaggiavano noi. Vidi un'ombra muoversi vicino alla porta e la tempestai di proiettili calibro 40. Schegge e detriti riempirono l'ingresso spalancato. Un proiettile rimbalzò sullo stipite di metallo di fronte a me. Colpì un adesivo dei Pokémon dritto in mezzo agli occhi. Speravo che il tiratore non fosse così bravo da averlo fatto apposta.

Una scheggia delle dimensioni di uno stuzzicadenti mi si conficcò nella mano sinistra. Il dolore mi risalì per il braccio e il sangue iniziò a colare sulle dita. Dagli altri appartamenti arrivavano le urla degli inquilini, che distolsero la mia attenzione dalla sparatoria in corso. Ma solo per un attimo. Una porta si aprì e ne sbucò una testa. Tutto quello che riuscii a vedere fu una chioma grigia.

« Polizia! Tornate dentro! » gridò Antrole.

Qualcuno strattonò il vecchio da dietro e lo tirò dentro l'appartamento.

Antrole indietreggiò contro la parete opposta del corridoio e si spostò dalla mia parte della porta proprio mentre una raffica di colpi si abbatteva sul punto in cui era stato accovacciato. Gridare al civile aveva rivelato la sua posizione.

Si abbassò accanto a me con la pistola spianata e mi sembrò che la situazione così fosse migliorata. Tutto quello che dovevamo fare era ripercorrere il corridoio e aspettare l'arrivo della cavalleria. In quel momento il 911 doveva essere inondato di chiamate. Il tempo era dalla nostra parte.

Poi un colpo di fucile aprì un buco grande quanto una mano proprio sopra la mia testa. Cristo. Sembrava un bazooka. La polvere di calcestruzzo sollevata nell'aria mi fece tossire, e dovetti sbattere le palpebre per ripulire gli occhi. Avevo la fronte madida di sudore e mi accorsi che stavo ansimando.

Il fucile gracchiò dall'altra parte del muro. Avrebbero sparato di nuovo da un momento all'altro.

« Ricarica! » urlò Antrole.

Stava ricaricando la sua arma, quindi toccava a me tenere alta la mia. L'addestramento ci avrebbe salvato.

Vidi un'ombra oltrepassare il buco nel muro, dove il fucile aveva fatto il suo sporco lavoro, e sparare due volte mentre Antrole si riaffacciava alla porta. Qualcuno cadde a terra al di là della parete.

Dopo gli spari di Antrole, i proiettili presero a colpire i

muri tutt'attorno a noi. Lui incespicò goffamente e cadde sul pavimento.

Guardai in giù e vidi che era stato colpito a una gamba. Il sangue scorreva sulla moquette scadente, ravvivando con il rosso i colori slavati del tessuto.

Mi avvicinai. «Ce la fai a camminare?»

«Cazzo, sì, se serve a portarci fuori di qui.»

Sembrava che lo scontro a fuoco fosse finito. Nessuno sparava più, un gradito cambiamento.

Qualcosa volò fuori dalla porta e rimbalzò contro il muro. Fece uno strano rumore secco sul pavimento davanti all'ingresso. Poi rotolò per terra tracciando degli strani archi.

Capii troppo tardi che era una bomba a mano.

5

I miei occhi erano fissi, quasi ipnotizzati, sull'antiquata bomba a forma di ananas.

Istintivamente allungai la mano e afferrai Antrole per il colletto. Lui alzò la pistola e sparò a chi aveva lanciato la bomba a mano dall'altra parte della porta. Era dura, trascinare ottanta chili su quella ruvida moquette: sembrava un esperimento di fisica sull'attrito.

Non sapevo quanti aggressori fossero rimasti, ma Antrole continuava a sparare per farli rimanere rintanati. Ce n'era almeno uno ancora in piedi. Lo sentivo che si muoveva freneticamente per l'appartamento, poi sparò un colpo che passò attraverso il muro.

Qualcuno all'altra estremità del corridoio balzò fuori da uno degli appartamenti e iniziò a correre. Un ragazzo con una maglietta bianca, che scomparve giù per le scale. Anche chi stava sparando dall'interno si distrasse. Per un istante fu tutto tranquillo.

Dopo aver trascinato Antrole per qualche metro, il colletto cedette e si strappò completamente dal cappotto. Caddi all'indietro sul pavimento e avvertii una fitta di dolore: avevo piegato male un dito della mano sinistra. Allungai disperatamente il braccio per riafferrare il mio partner. Mi sentivo come se l'avessi lasciato cadere in un pozzo. Urlai qualcosa, ma le orecchie mi fischiavano così forte che non so nemmeno io cosa dissi.

Fu in quel momento che accadde. La bomba esplose.

Un'onda gigantesca di luce e calore. Non credo di aver mai sperimentato nulla di simile. Non sono neanche in grado di dire se abbia fatto rumore, perché le orecchie mi si tapparono in una frazione di secondo.

Sentii un dolore alla fronte che durò solo per un attimo.

Poi tutto divenne sfocato.

E infine si oscurò.

6

Alex era sulla cima del palazzo, accanto a quei ragazzi mezzi nudi, a guardare in direzione della sparatoria. Sollevò con nonchalance la macchina fotografica e mise a fuoco. Sapeva esattamente da quale edificio provenivano i rumori.

Lo sapeva perché l'aveva scelto lei. Nello stesso modo in cui aveva allestito il set per le fotografie.

Era solo uno dei tanti incarichi che aveva accettato lì a New York per conto di un cartello messicano della droga. Fare la fotografa di moda le forniva la copertura necessaria alla vera fonte delle sue entrate.

Alex scattò una foto dopo l'altra e vide il lampo dell'esplosione quasi un secondo prima che il rumore le arrivasse alle orecchie. Fu un boato basso e sordo. Vide le finestre esplodere e le fiamme divampare nell'aria. Spettacolare.

«Cazzo, avete visto?» esclamò Chaz.

Un sorriso le salì di nuovo alle labbra. Un'esplosione così risolveva un sacco di problemi. Nessuna faccenda in sospeso. Non c'era niente di peggio delle faccende in sospeso, nel suo lavoro.

7

Era tutto confuso, come in mezzo alla nebbia. Mi sembrava di trovarmi in un tunnel, con i suoni che rimbombavano sulle pareti. Poi sentii delle voci. Risuonavano distanti, finché non misi a fuoco un volto proprio sopra di me.

Era un'agente di pattuglia in uniforme, una donna dai capelli castani corti. Stava aiutando qualcuno vicino a me, un paramedico. Non riuscivo a seguire i loro movimenti.

Il paramedico mi osservava mentre il sudore gli colava dal lungo naso. Sentivo che faceva pressione sulla fronte. Mi guardò e disse qualcosa di confortante, o almeno fu quello che pensai.

Provai a chiedere di Antrole e ad avvertirli degli aggressori, ma quando tentai di parlare non uscì nessun suono.

Il paramedico mi accarezzò il petto. «Tranquillo, andrà tutto bene», mi sembrò che dicesse.

La giovane agente non riusciva a mascherare le proprie emozioni. Sembrava preoccupata. Addirittura spaventata.

Poi persi di nuovo i sensi.

La seconda volta che aprii gli occhi le immagini erano molto più nitide. Ero sdraiato supino e c'era una luce intensa sopra la mia testa. Sentivo intorno a me i suoni della vita normale. Qualcuno che camminava lungo un corridoio, una tranquilla discussione in un angolo. Niente di spaventoso, come urla o cori celesti.

Prima che potessi dire o chiedere qualcosa, vidi sopra di me il viso di Mary Catherine. Pareva un angelo, era così bella. Mi sentii subito meglio.

Quando vidi mio nonno Seamus ebbi la certezza di essere ancora vivo. Era troppo cattivo per morire. Indossava la tonaca da prete cattolico. Come sacerdote alla Holy Name era il benvenuto in tutti gli ospedali della città.

Non mi piacque lo sguardo di preoccupazione sul volto di Mary Catherine. Sapevo di esserne la causa ed era l'ultima emozione che volevo causare alla donna che amavo.

Inspirai e provai a parlare. « Come sta Antrole? »

Conoscevo la risposta, ma dovevo chiedere lo stesso. Rividi la bomba e risentii la deflagrazione. Mi ricordai il suo colletto che si strappava e la sensazione di averlo lasciato cadere in un pozzo.

Mary Catherine scosse la testa.

Si fece avanti Seamus. « Mi dispiace, ma il tuo partner è rimasto ucciso nell'esplosione. I dottori dicono che tu sei stato incredibilmente fortunato. »

Alzai e piegai la mano destra, giusto per assicurarmi di poterlo fare. Mossi le dita dei piedi e percepii la coperta.

« C'è tutto, non preoccuparti », proseguì Seamus. « Hai una commozione cerebrale, un mucchio di punti in testa e un dito della mano sinistra rotto. Domani vogliono ricontrollarti meglio la schiena e la colonna vertebrale. »

Sentii una fitta improvvisa alla mano sinistra quando provai a muovere l'indice. La schiena mi faceva male, ma non dissi nulla.

Mary Catherine mi prese la mano e mi baciò sulla

fronte. Avevo così tanti antidolorifici in corpo che sentii a malapena le sue labbra.

«I bambini lo sanno?» chiesi alzando gli occhi.

«Sì. Sapevamo che ne avrebbero parlato al telegiornale. Ci siamo organizzati per farli riaccompagnare a casa. Juliana e Jane si stanno occupando della cena e si assicurano che tutti facciano i compiti. Non devi preoccuparti di nulla.»

Ma lo facevo. Ero un padre. Mi preoccupavo.

Poi mi ricordai della telefonata di Juliana. «Quali erano le grandi notizie di Juliana? Per favore, dimmi che non hanno niente a che vedere con vestiti da sposa o con cotte per ragazzi che vivono dall'altra parte del Paese.»

Mary Catherine sorrise. Era ciò di cui avevo bisogno. «No, niente del genere. Secondo me sarà Jane la prima a darci quel tipo di notizie.»

«Non dirmi che ha deciso di non andare al college e di girare il mondo da sola.»

«Non dire idiozie», disse Seamus. «Non mettere pressione alla ragazza con la tua visione materialista. Ha delle buone notizie e tu ne sarai felice, di qualunque cosa si tratti. Il tuo compito è solo quello di essere orgoglioso.»

«Sono sempre orgoglioso, ma posso anche preoccuparmi. Sono un padre.»

«E io sono tuo nonno e non mi sono mai preoccupato così tanto per te.»

Non importava quanti anni avessi, mio nonno mi trattava ancora come un bambino di otto. E in qualche strano modo, anche se non lo avrei mai ammesso apertamente, mi piaceva.

Mary Catherine mi assecondò. «Juliana ha ottenuto

una parte in tv. Uno sceneggiato di produzione locale. Ne è entusiasta, quindi non importa quello che ti dice, tu non fare domande su chi c'è dietro o su cosa le chiedono di fare. Rilassati un po'. È una casa di produzione in regola, anche se piccola.»

Sostenevo i miei figli in tutto quello che facevano. Tendevo anche a farmi coinvolgere in tutto quello che facevano. Anche in questo caso fu lo stesso. Guardai Mary Catherine. «Sono felice per lei e non vedo l'ora di vederla sul set.»

8

Dopo che ebbi finito di parlare con Mary Catherine e Seamus, entrò nella stanza Harry Grissom. L'allampanato tenente avrebbe potuto essere un pistolero del Far West. Il suo viso segnato dalle intemperie non rivelava che negli ultimi venticinque anni aveva lavorato a New York, il suo accento invece sì. I baffi cadenti nascondevano la cicatrice di una coltellata di cui solo i colleghi di lunga data erano a conoscenza.

Sapevo che la sua presenza significava che era preoccupato per me ma, da professionista qual era, andò dritto al punto.

«Chi vi ha fatto la soffiata?»

Scossi la testa. «Antrole ha preso la chiamata.»

«Perché non avete chiesto rinforzi?»

Mi strinsi nelle spalle. Cosa avevo intenzione di fare? Gettare in pasto ai lupi il mio defunto partner? «Al momento non sembrava una gran soffiata. Sai come vanno queste cose.»

Grazie a Dio, Harry aveva esperienza e sapeva come andavano le cose, quello che i bravi poliziotti dovevano fare anche solo per aprirlo, un caso. A seguire il regolamento su tutto, non si sarebbe approdati mai a nulla.

Harry scosse la testa. «L'intera faccenda è andata a puttane. Il vostro sospettato, Emmanuel Diaz, era già morto ore prima del vostro arrivo. Due aggressori sono morti, e uno è in terapia intensiva con in corpo un paio di proiettili e le schegge della bomba. »

« Quindi è stata un'imboscata? »

« Non ne siamo sicuri. Chi lo sa come è andata? Potreste aver interrotto dei rapinatori che perlustravano l'appartamento. Per sicurezza il dipartimento non rilascerà nessun dettaglio su Antrole o su di te. Lo staff dell'ospedale terrà la bocca cucita. »

« Mi fa piacere. »

« Questo dovrebbe riuscire a tenere lontano il circo dei media per qualche giorno. »

Poi la porta si aprì di nuovo, e in corridoio vidi per un attimo una giovane donna attraente, con un neonato in braccio e un bambino per mano. Riconobbi la moglie di Antrole Martens, che lavorava in banca a Wall Street, e i suoi figli, per via delle foto che il mio partner teneva sulla scrivania.

Il mondo di Antrole girava attorno alla sua famiglia. Era terribile pensare a quello che stavano passando in quel momento.

Volevo chiamarla, ma la porta si richiuse. Tutto quello che potei fare fu rimanere sdraiato in silenzio.

9

Alex tornò nella sua confortevole camera d'albergo dopo un drink veloce con la troupe e i modelli del servizio fotografico, organizzato per ringraziarli del loro lavoro. Era anche una copertura, nel caso in cui qualcuno avesse fatto domande sulla sparatoria avvenuta in fondo alla strada.

Aveva declinato con gentilezza il goffo invito di Chaz, il modello, a seguirlo nel suo loft di SoHo senza curarsi dei due coinquilini con cui divideva il piccolo appartamento. Alex aveva troppe cose per la testa per godersi una serata con un modello di biancheria intima. Era un uomo molto bello, ma non fino a quel punto.

Ora era seduta sul bordo del letto a rivedere le foto che aveva scattato, mentre il grande televisore a schermo piatto fissato al muro trasmetteva il notiziario locale. Aveva dozzine di scatti dei modelli in intimo, una grande quantità di materiale adatto al suo cliente. Lei però era più interessata alle foto che aveva fatto all'edificio dove era avvenuta l'esplosione. Le immagini della deflagrazione erano notevoli.

La sua preferita mostrava le fiamme al loro apice. Salivano per almeno tre metri fuori dalla finestra, circondate dallo scintillio dei vetri che catturavano il sole proprio nel modo giusto. Non avrebbe potuto fare di meglio. Si trovò a riflettere su quanto poteva essere difficile fotografare la realtà. Il segreto era la pazienza. Pazienza, e un gran numero di scatti fatti con una buona lente.

Le foto dell'esplosione erano sorprendenti, ma non le davano nessuna informazione utile. Aveva bisogno di sapere se il bersaglio, il detective Michael Bennett, era rimasto ucciso nello scoppio, per chiudere ufficialmente il contratto.

Quando Alex sentì il presentatore parlare di una sparatoria alzò lo sguardo. L'avevano soprannominata la Battaglia del Bronx. Alex pensò che non ne avrebbero parlato se si fosse trattato solo di armi da fuoco. Ma aggiungi un'esplosione e catturerai la loro attenzione.

Il giornalista rivelò che c'erano molte vittime, ma non menzionò poliziotti morti e neanche feriti. Era frustrante. Venne a sapere che uno dei presunti aggressori era in condizioni critiche al New York Presbyterian Hospital a Washington Heights.

Alex aveva ingaggiato alcuni criminali locali di una gang dominicana. Le erano stati raccomandati, e lei preferiva tenersi lontano da determinate situazioni. Inoltre trovare le prove del coinvolgimento di una gang con molte armi confondeva i detective del luogo. Così non pensavano a un assassino solitario.

Tutto ciò che voleva ora era chiudere il contratto e fare ritorno al suo ranch in California. Almeno per un po', finché non avesse dovuto tornare a New York a portare a termine gli altri suoi affari.

Sentì lo stomaco che brontolava e realizzò che si era dimenticata di mangiare. Doveva uscire, rilassarsi un po' e aspettare che l'informazione di cui aveva bisogno diventasse di dominio pubblico.

Entrò in bagno e si pettinò i lunghi capelli scuri. Sul metro e sessantacinque, con le spalle muscolose e altre curve assortite, sapeva che non sarebbe mai diventata una modella ma apprezzava quello su cui Dio le aveva concesso di lavorare.

Il suo metodo di sopravvivenza avrebbe terrorizzato la maggior parte delle persone. Richiedeva costante allenamento fisico e lucidità mentale, senza nessun cedimento. E in quel preciso momento sopravvivenza significava filarsela da New York il più presto possibile.

10

Nonostante le mie proteste i medici non mi dimisero quella notte ed era troppo tardi per lasciar entrare i miei figli in visita. Un giorno intero senza vederli era una tortura.

«La prenda come la nostra versione del waterboarding», fu tutto quello che mi rispose la dottoressa Carole Frederick quando glielo dissi. Aveva l'aspetto di una quindicenne, ma dal modo in cui mi aveva gestito avrei potuto giurare che fosse una veterana del pronto soccorso e un'esperta nel trattare con pazienti testardi. Perfino con pazienti che facevano parte del dipartimento di polizia e avevano un esercito di figli a sostenerli quando c'era bisogno. «E per favore non pensi di potermi convincere. Ho una bimba di tre anni a casa e posso assicurarle che, se non riesce mia figlia a smuovermi dalle mie decisioni, si figuri se può riuscirci lei.»

Le credetti.

Mi sistemarono in una camera semiprivata, con un compagno di stanza obeso che al mio ingresso stava dormendo. Non sapevo se fosse uno stato permanente o normale di sonno notturno, ma era evidente che non si sarebbe mosso per il resto della notte.

Mary Catherine mi rimboccò le coperte sotto il mento

come a un bambino. Cominciò ad aggiornarmi sui ragazzi parlando così piano che facevo fatica a sentirla.

« Non serve che ti preoccupi del suo compagno di stanza. Sembra una sega a motore », intervenne Seamus, ridacchiando.

« Ti sembra un linguaggio da prete? » gli chiesi.

« Cosa? Mica lo sto offendendo. Non dico niente di male. Solo che non dobbiamo preoccuparci di disturbarlo. »

Guardai l'ottantunenne magro che era stato uno dei pilastri della mia vita. Dopo la morte di mia nonna aveva venduto il suo bar e, con grande sorpresa di tutti, era stato ammesso in seminario. Era diventato un prete con esperienze di vita diverse da quelle di chiunque altro nella Chiesa cattolica, ma la sua nuova vocazione non aveva cambiato di un millimetro l'uomo che era. Aveva solo modificato il suo abbigliamento, ma era rimasto antipatico e supponente. Era anche leale, premuroso e più devoto di chiunque altro avessi mai conosciuto. Amava ciascuno dei miei dieci figli adottati come se fosse stato presente alla loro nascita e si era preso cura della mia prima moglie come se fosse stata sua figlia. Quando era morta di cancro, si era trovato sperduto quanto me. E ora, anni dopo, aveva accolto Mary Catherine nella famiglia totalmente e incondizionatamente.

« È tardi. Perché non andate a dormire un po'? Sarò a casa domani, prima o poi », dissi.

« Io rimango qui stanotte », rispose Mary Catherine.

« Su quella sedia? Non penso proprio. Fatti una bella notte di sonno e ti prometto che domani le cose andranno meglio per tutti. »

Lei assunse un tono aspro, che faceva sempre risaltare il suo accento irlandese. «Non chiuderò occhio stanotte, che io sia a letto o su quella sedia. Quindi per favore non discutere.»

Sapevo riconoscere una sconfitta. Avrei dovuto farmi bastare che almeno Seamus tornasse a casa a riposare.

Mary Catherine si spostò sul bordo del letto e mi scostò con cura i capelli dai punti sulla fronte. Mi piacevano la sensazione delle sue dita sui capelli e il calore del suo corpo vicino al mio.

«Grazie per essere rimasta. È bello averti qui», le sussurrai dopo qualche minuto.

«Mi spiace che tu debba essere ridotto in mille pezzi per avere un momento tranquillo tutto per noi.»

«Sai che non è vero. Ho sempre tempo per te.»

«Lo so che ce l'hai. È che, con i ragazzi e tutto il resto, i momenti da soli sono un lusso», mi rispose con un sorriso.

«Lo so, se andassimo in luna di miele passeremmo un mucchio di tempo da soli.» Lo dissi con indifferenza ma ebbi paura di aver passato il segno. Avevamo già parlato di date per il nostro matrimonio, ma continuavo ad avere la sensazione che Mary Catherine non fosse del tutto pronta.

«Se andassimo in luna di miele con te in queste condizioni, temo che non sopravvivresti.»

In qualche modo riuscii a ridacchiare, ma faceva male.

«Aspettiamo a parlare di date. Abbiamo moltissime cose da fare prima di occuparci dell'organizzazione del matrimonio», riprese lei.

Era difficile controbattere alla sua logica. Stavo per

suggerire che si infilasse sotto le coperte con me quando la porta della camera si spalancò.

Un'alta infermiera afroamericana di mezza età, con degli occhiali alla moda e un'espressione severa, ci fissò. «Non è possibile che ci sia un visitatore in una camera semiprivata più di un'ora dopo la fine dell'orario di visita. Ditemi che non è quello che sto vedendo.»

«Non capisce...» balbettò Mary Catherine.

L'infermiera non la lasciò finire. «No, dolcezza, *tu* non capisci. Non posso fare favoritismi. Anche se quest'uomo è un eroe e oggi ha rischiato la vita per la città, è mio compito assicurarmi che belle ragazze come te non sballino i suoi ritmi. Esci di qui, fatti una bella nottata di sonno e torna domattina alle dieci. Non prima.»

Fui costretto a sorridere. Era così che si dovevano trattare le persone. Avrebbe potuto essere un poliziotto o un prete o un insegnante. Grazie a Dio, era un'infermiera.

11

Alex entrò all'Aretsky's Patroon ben dopo la solita folla dell'ora di cena. La popolare steakhouse all'incrocio tra 46th Street e Third Avenue era una delle sue tappe preferite in città. Non poteva rinnegare le sue origini sudamericane. Era una carnivora.

Decise che la soluzione migliore era un posto nell'accogliente bar e si accomodò su uno sgabello vuoto in fondo al bancone, senza nessuno vicino. Ordinò un calice di Carmignano del 2010 al magro barista, che aveva già visto. Lui le rivolse un sorriso veloce e le fece perfino l'occhiolino con l'occhio destro dalla palpebra cadente.

Dopo aver ordinato il suo piatto preferito, braciola di vitello arrosto con finocchi e verdure, si rilassò per la prima volta quel giorno. Le piaceva l'atmosfera confortevole del bar. Alle pareti erano appesi cimeli sportivi: sopra la porta la mazza di Derek Jeter; dietro al bar i bastoni da hockey che Wayne Gretzky aveva usato nell'ultima partita con i New York Rangers.

Sorseggiò il vino e ripensò alla vita in Colombia. Avrebbe voluto trovarsi lì. Nei grandi spazi aperti, con i suoi cari. Non in una città sporca e affollata con gente che era pagata per uccidere.

Era un po' infastidita dal fatto di non riuscire a trovare l'informazione di cui aveva bisogno per chiudere il contratto che riguardava Michael Bennett. Neanche il contatto del cartello messicano con cui aveva a che fare, che si vantava costantemente delle sue conoscenze, era stato in grado di aiutarla. Aveva imparato una nuova lezione sul lavorare con i cartelli tramite un contatto. Non aveva avuto un collegamento diretto per questo lavoro, e così ora si trovava all'oscuro. Non le piaceva, come sensazione.

Il suo contatto sapeva solo che uno dei criminali di cui si era servita era in terapia intensiva al New York Presbyterian.

Alex non avrebbe permesso che questo le rovinasse la serata. Si soffermò sul pasto delizioso e chiacchierò anche un po' con il barista. Aveva un accento dell'Europa dell'Est, ma il cartellino con il nome diceva LARRY.

Guardava le coppie andare e venire per il ristorante. A quell'ora della sera gli avventori erano decisamente meno attempati, agenti di Wall Street o altri giovani convinti che un giorno avrebbero avuto in pugno la città.

Non aveva mai avuto quel tipo di ambizioni. Fin da piccola aveva sempre aspirato a un lavoro creativo. Quando era cresciuta, dopo l'omicidio di suo padre, aveva scoperto che si può essere creativi in un gran numero di professioni.

La morte del padre, con un singolo proiettile in testa, l'aveva segnata in molti modi, che lei per lo più aveva preferito non esplorare troppo a fondo. Aggrapparsi al passato non serviva a niente.

Il lavoro da fotografa di moda era stato uno sfogo gradito per la sua creatività. E lei aveva sorprendentemente scoperto di poter mescolare con una certa frequenza le sue due occupazioni. Era stato facile individuare postazioni adatte sia a un servizio fotografico che a incarichi di altro tipo.

Dopo aver mangiato la gran parte di quello che aveva nel piatto, proprio come le aveva insegnato sua madre, Alex alzò la mano per attirare l'attenzione del barista. Notò che, oltre alla palpebra destra cadente, Larry strascicava i piedi. Sembrava troppo giovane per aver avuto un ictus. Si chiese se la polizia segreta del suo Paese d'origine fosse simile a quella con cui aveva avuto a che fare lei in Colombia.

Estrasse dalla borsetta un portafoglio di pelle dalla foggia semplice, di Yves Saint Laurent. Ma prima ancora che lo aprisse Larry alzò le mani.

«È già pagato», le disse con un gran sorriso.

«Cosa? Da chi?»

«Dal signore seduto in fondo alla sala, vicino alla porta.»

Alex si girò e vide un uomo attraente di qualche anno più vecchio di lei, con un abito costoso, che alzò un bicchiere di scotch con un sorriso.

«Vuol dire che questi sono per te.» Alex lasciò cadere sul bancone la banconota da cinquanta dollari.

Larry non fece complimenti.

Alex si diresse verso l'uscita con passo sicuro. Quando fu a portata di voce dell'uomo in fondo al bancone girò leggermente la testa, sorrise e disse: «Grazie per la cena».

Poi continuò a camminare. L'uomo fu saggio a non cercare di fermarla. Lei aveva da fare.

12

L'infermiera addetta al piano aveva spiegato con chiarezza a Mary Catherine le regole dell'ospedale e la mia fidanzata se ne andò senza troppe proteste. Benché mi facesse piacere averla lì vicino a me, mi sentivo meglio al pensiero che a casa avrebbe potuto dormire. Inoltre, sarebbe stato di conforto per i ragazzi trovarla lì al mattino.

Sembrava che l'effetto degli antidolorifici stesse svanendo, ma non mi sentivo stanco. Mi ritrovai invece a fissare il soffitto macchiato. Ripercorsi più e più volte gli ultimi momenti con Antrole Martens. Il suono terrificante della bomba a mano che rotolava sulla moquette ruvida; gli occhi che bruciavano per via della polvere del muro crivellato dai proiettili; le urla delle persone spaventate all'interno degli appartamenti. Una sparatoria poteva essere una faccenda complicata e perfino devastante, per un poliziotto. Perdere un partner era qualcosa che non si superava mai.

Sentii il mio cellulare squillare da qualche parte nella stanza. A mio figlio Eddie piaceva cambiarmi la suoneria ogni due o tre giorni. La settimana precedente era stato il turno di Robert Plant che cantava a squarciagola *And she's buying a stairway to heaven.*

Ci misi qualche secondo a capire che era molto vicino, nel comodino proprio accanto alla mia testa. Armeggiai con il cassetto e presi il telefono.

Non riconobbi il numero. Il prefisso era della zona nord di New York. « Michael Bennett. »

« Signor Bennett, sono Kathy Morris, ispettrice del penitenziario di Gowanda. »

Gli ispettori sono le figure incaricate di occuparsi dei crimini commessi all'interno delle carceri. Provai un lampo di paura per Brian, ospite proprio di quella struttura. « Brian sta bene? »

« Mi spiace doverla informare che suo figlio Brian è stato accoltellato. »

Pensai che stavo per perdere i sensi per la seconda volta quel giorno.

13

Dopo aver ascoltato tutte le informazioni che l'ispettrice Morris era autorizzata a divulgare, mi rimisi sdraiato e considerai le opzioni.

Mi sentivo male al pensiero che il mio bambino fosse stato accoltellato. Brian aveva subito gravi lacerazioni al volto e due ferite da perforazione all'addome. Si era trattato di una comunicazione ufficiale, riportata con termini clinici, ma sapevo bene quali fossero le conseguenze di un'aggressione con una lama. Le ferite da coltello sono brutte e impressionanti anche quando la vittima è uno sconosciuto. Per fortuna l'amministrazione del carcere aveva dimostrato buon senso e l'aveva fatto trasferire immediatamente in ambulanza in un ospedale vicino a Buffalo.

Brian scontava una pena per spaccio di droga. Era stato un errore che aveva cambiato la vita sia a lui sia a me. Non aveva saputo spiegare perché l'aveva fatto. Aveva raccontato soltanto che era caduto sempre più in basso e non era più riuscito a risalire.

Si era messo a lavorare per un balordo che sfruttava i ragazzini per vendere la roba. Brian era stato fortunato. Alcuni dei ragazzi che spacciavano droghe sintetiche, tra cui metanfetamine ed ecstasy, erano finiti ammazzati.

Il cartello che gestiva l'intero business si era servito di

un quindicenne chiamato Diego per dare una regolata alla concorrenza e ai potenziali testimoni. Avevo rintracciato Diego nella biblioteca del campus della Columbia University; avevamo chiacchierato per qualche minuto prima che lui estraesse la pistola e provasse a uccidermi. Sfortunatamente ero stato costretto a spararli. Quell'episodio mi turbava ancora.

Non si trattava di una coincidenza: l'agguato a me e ad Antrole era collegato all'aggressione a Brian. Dovevo soltanto riuscire a pensare con lucidità per provare a comporre il puzzle.

Ora la domanda era: come avrei fatto a scappare e raggiungere Buffalo? Che avrei visto il mio ragazzo era fuori di dubbio. I problemi sarebbero sorti se qualcuno fosse stato così pazzo da mettersi in mezzo.

Trovai i pantaloni ripiegati sulla sedia in fondo alla stanza, con sotto le scarpe. Non sapevo da dove arrivassero o chi si fosse preso la briga di piegarli. La camicia invece non si vedeva. Chissà cosa aveva pensato la persona che l'aveva trovata intrisa del sangue di Antrole.

Il tesserino della polizia era nello stesso cassetto del telefono. Avevo tutto quello che mi serviva.

Presi in prestito una camicia dall'armadietto del mio compagno di stanza. Si intonava ai miei pantaloni color cachi, ma era un po' troppo grande. Me la sistemai alla bell'e meglio, ma continuavo a sembrare un ragazzino con i vestiti del padre.

Ero scosso da spasmi di dolore mentre mi aggiustavo la camicia e mi stringevo la cintura per offrire un po' di sollievo alla schiena. Non servì a molto. Mentre mi vestivo la stanza si abbassò e girò un paio di volte, ma più stavo in piedi più mi sentivo stabile.

Sbirciai dalla porta e non vidi nessuno nel gabbiotto degli infermieri. Logico. Era notte fonda e non c'era niente da fare. Scivolai lungo il corridoio silenzioso come un ninja, o almeno così mi sembrò nello stato in cui ero. Scesi con l'ascensore giù fino all'atrio e lo attraversai con l'aria noncurante di un normale visitatore. Perché no? La sicurezza è impegnata a tenere le persone fuori dall'ospedale, non dentro.

Quando fui in strada mi accorsi che non avevo pensato a tutto. Cosa fare ora? Non potevo andare a piedi fino a Buffalo. Poi mi ricordai di Eddie che mi spiegava le nuove applicazioni che mi aveva installato sul cellulare. Presi il telefono, premetti l'icona di Uber e pochi minuti dopo una Dodge Charger nera accostò davanti a me, come per magia.

«Devo andare a Buffalo» fu tutto quello che dissi salendoci dentro.

«Non posso certo guidare fino a Buffalo», disse il bianco grassoccio al volante.

«Certo che puoi, basta dirigersi a nord sull'Interstatale 87. Per il resto della strada ti guido io.»

Il conducente non aveva senso dell'umorismo. «Fammi riformulare la frase: non ho intenzione di guidare fino a Buffalo. È troppo lontana.»

Riflettei per qualche secondo e poi gli diedi l'indirizzo del mio appartamento.

Il furgoncino Ford da dodici posti che usavamo per portare in giro l'intero esercito della mia famiglia era parcheggiato come al solito in un garage di fronte al condominio. Il carro armato famigliare sarebbe stato il mezzo di trasporto con cui avrei raggiunto Buffalo.

La chiave di scorta era opportunamente sotto il paraurti posteriore, anche se non fu facile recuperarla con i muscoli ancora rigidi e il dolore che mi faceva gemere a ogni mossa. Ora ero sicuro che l'effetto degli antidolorifici fosse svanito, quindi avrei potuto guidare senza problemi. Sfortunatamente significava anche che soffrivo in modo terribile. La vita è fatta di compromessi.

Non riuscivo a voltarmi indietro e nell'uscire in retromarcia urtai un montante. Ma, come era successo quando mi ero alzato dal letto, più stavo dietro al volante e meglio mi sentivo.

Riuscivo a pensare solamente a Brian, e a correre da lui.

14

L'ospedale di Buffalo aveva l'aspetto che hanno tutti gli ospedali, e Dio sapeva quanti ne avevo visti nell'ultimo periodo, ma all'interno l'atmosfera era molto diversa da quella delle strutture di New York. Era tutto tranquillo e la sicurezza se la prendeva comoda. Una signora al banco informazioni mi comunicò che Brian si trovava nella camera 315.

Mi diressi al terzo piano con l'intenzione di andare dritto nella stanza di Brian, ma mentre percorrevo il corridoio un uomo basso in uniforme si alzò da una sedia di plastica appoggiata alla parete. Era praticamente un posto di blocco. Alzò una mano. « Dove sta andando? »

« Stanza 315. »

« Perché? »

Cercai di oltrepassarlo, ma in quel momento notai sulla camicia il distintivo del dipartimento penitenziario. « Sono il padre di Brian Bennett », spiegai, pensando di aver risolto la questione.

« Nessun visitatore », disse l'agente.

« Ma... »

« Nessun visitatore. Glielo dico chiaramente: non potrà vederlo finché non sarà al sicuro in un'altra struttura dello Stato. Ha capito? » ripeté a voce più alta.

La rabbia mi risaliva per la gola. All'improvviso la

schiena non mi faceva più così male, il dito non pulsava e la testa non doleva più come se mi avessero preso a padellate. Ora tutto quello di cui avevo bisogno era vedere mio figlio. E questo coglioncello mi sbarrava la strada.

« Potrà sapere come sta tra qualche giorno, ma adesso se ne vada, prima che la accusi di resistenza a pubblico ufficiale. » L'agente mi diede un'altra occhiata. « E si faccia una doccia. » Ridacchiò, con lo sguardo rivolto verso un agente con l'uniforme della polizia di Buffalo alle sue spalle. Notai, sotto il distintivo, la targhetta della SWAT. Doveva avere più o meno la mia età, ed era in forma.

Il poliziotto mi prese gentilmente per il braccio destro e mi guidò nella direzione opposta, verso l'ascensore. Ero convinto che sapesse chi ero. Qualcuno doveva avergli detto che il ragazzo pugnalato in prigione era figlio di un collega.

Girandomi indietro riuscii a vedere soltanto il sorrisetto dell'agente del dipartimento. Continuai a guardarlo finché le porte non si chiusero, bloccandomi la visuale.

15

« Tu non mi conosci, ma io ti devo molto. Mi chiamo Jeff Hutcheon », disse il poliziotto di Buffalo porgendomi la mano non appena le porte si furono chiuse.

Gliela strinsi senza dire nulla. Doveva avermi scambiato per qualcun altro.

« Il caso di cui ti sei occupato qualche anno fa, il sequestro di ostaggi al funerale della First Lady e l'omicidio del sindaco. »

Non avrei mai dimenticato quel caso. Era Natale. Maeve, mia moglie, era morta più o meno in quel periodo. La mia vita era a pezzi e quel caso era diventato un'ossessione. Finché finalmente non ero riuscito a capire che tutto era stato organizzato da alcune guardie penitenziarie di fuori città, con la complicità di un agente dell'FBI. Avevano preso per il culo l'intero dipartimento.

« Mio cugino era una delle guardie » proseguì Hutcheon. « Tutta la famiglia era in imbarazzo. Ora sta scontando la pena in un penitenziario federale in California. Ho studiato il caso in lungo e in largo. Ho riconosciuto il tuo nome non appena quel coglione del dipartimento ha iniziato a vantarsi di chi fosse il padre del ragazzo in custodia. Ci hanno ingaggiato come sicurezza extra. »

« Voglio soltanto vedere mio figlio. » La mia voce era ancora debole.

«E lo vedrai, te lo garantisco», mi rispose Hutcheon con un sorriso.

Cinque minuti dopo, seguendo le istruzioni del poliziotto, ripresi l'ascensore e tornai al terzo piano. La prima cosa che sentii fu un suono di voci concitate. Mentre percorrevo il corridoio vidi l'agente con cui avevo parlato che, appoggiato alla parete, distraeva l'ufficiale del dipartimento penitenziario.

«Ti dico che stiamo facendo gli straordinari, e voi ragazzi del dipartimento dovete pagarceli.»

Infastidito, l'altro provò a spiegare che non aveva nessun potere sui pagamenti. Il poliziotto gli si avvicinò e gli mise una mano sulla spalla.

Di fronte alla stanza di Brian un altro agente della polizia di Buffalo mi fece cenno di avanzare. Quando oltrepassai Hutcheon che strapazzava il tizio del dipartimento, lui alzò lo sguardo verso di me e mi fece l'occhiolino.

Sorrisi. Avevo proprio bisogno di un po' di aiuto.

Il poliziotto davanti alla porta mi diede una pacca sulla spalla e aprì. Entrai nella stanza. La tv era accesa a volume basso e faceva abbastanza luce da permettermi di distinguere la figura di Brian che dormiva.

Avanzai e fui costretto a soffocare un gemito. Era ricoperto di bende sul viso, sulla fronte e sul braccio sinistro. Sembrava uscito dalla *Mummia*.

Spostai una sedia vicino al suo letto e mi sporsi per guardarlo meglio. Non mi importava cosa dicesse lo Stato di New York: era ancora il mio bimbo, addormentato nel suo letto. Dalla garza riuscivo solo a intravedere i bordi ruvidi dei punti sulla guancia.

Mi faceva male fisicamente ed emotivamente vedere com'era ridotto il mio figlio maggiore. Da quando lo avevano arrestato e condannato ero tormentato dalla preoccupazione. Il procuratore distrettuale aveva deciso di prendere il figlio di un poliziotto, un ragazzo che aveva commesso un errore, e servirsene come esempio. Un esempio che mi perseguitava tutti i giorni.

Come se avesse percepito la mia presenza, Brian girò la testa e aprì gli occhi. Il sorriso che mi rivolse diede senso a tutte le mie vicissitudini.

« Sorpreso di vedermi? » gli chiesi a bassa voce.

« Per nulla. Sapevo che saresti venuto. » La sua voce era un po' roca. Allungò la mano destra e prese la mia. Mi chinai con cautela, appoggiando la fronte alla sua. Avevo voglia di piangere, ma non volevo turbarlo.

Dopo qualche attimo di silenzio, Brian abbassò le coperte e sollevò il camice per mostrarmi i due segni rossi delle coltellate sull'addome, coperti da una garza sottile. In totale gli avevano dato trentasei punti.

« Ho avuto paura, papà. Tanta paura. Sono stati due uomini che conoscevo a malapena. Mi hanno sorpassato in cortile e come se niente fosse hanno cominciato a pugnalarmi con furia. Per caso uno degli agenti del carcere era lì vicino ed è intervenuto. »

Cercai di limitare le domande da poliziotto. Provai a immaginare chi potesse averlo fatto e chi potesse averlo ordinato. Brian mi disse che non sapeva molto, se non che erano due messicani che affermavano di essere membri di un cartello. A Gowanda nessuno osava infastidirli.

Brian mi parlò di nuovo della guerra in corso tra il cartello messicano e la mafia canadese per il controllo del territorio. Mi aveva già avvertito della faida non appena era entrato in prigione. Si chiedeva ora se non ci si fosse trovato in mezzo.

Molti associano la parola «mafia» alla comunità italiana di New York, ma il termine si applica a moltissime organizzazioni criminali. La mafia canadese era composta più che altro da francofoni collegati vagamente tra di loro, pronti però a fare fronte comune in caso di minaccia dall'esterno.

«Ma non importa cosa succede a me», riprese Brian. «Sono terrorizzato al pensiero che possano prendersela con te o con gli altri della famiglia. È tutta colpa mia. Sono io che ho provocato tutto questo.» Iniziò a piangere.

Fece piangere anche me. Provai a dirgli di non preoccuparsi, che non era colpa sua, ma non ne ero così sicuro. Forse era tutta una punizione per il suo ruolo nel traffico di droga e per i miei tentativi di combatterlo. Sapevo che i cartelli dei trafficanti potevano essere spietati.

«Brian, non sei responsabile di quello che fanno gli altri. Sei un bravo ragazzo che ha fatto un errore. Sistemerò tutto. Te lo prometto.»

Alzò gli occhi verso di me. «Davvero? Pensi di riuscirci?»

Gli strinsi dolcemente la mano. Non potrei spiegare a parole quanto mi facesse soffrire vedere mio figlio ridotto così. Non solo per le bende, ma per il dolore che provava a causa di quello che aveva fatto passare a tutta la famiglia.

Fare il padre è molto più difficile che fare il poliziotto.

16

Alex Martinez aveva fatto una ricognizione al New York Presbyterian, che era annesso al campus della Columbia University. L'ospedale aveva una reputazione stellare. Se il sicario fosse stato in punto di morte non si sarebbe preoccupata di lui. Ma era probabile che sopravvivesse. E questo lo rendeva un pericolo.

Era arrivata all'ospedale presto, per dare un'occhiata alla stanza della sicurezza. Aveva detto alla guardia in uniforme di aver perso il portafogli, quindi lui l'aveva indirizzata agli oggetti smarriti, nello stesso ufficio dell'amministrazione, vuoto, in cui erano visibili le immagini delle videocamere di sorveglianza. Aveva staccato il cavo principale dal muro, contando sul fatto che avrebbero impiegato ore per accorgersene.

In quel momento, nel tardo pomeriggio, nessuno fece caso a lei che percorreva un corridoio del quinto piano spingendo una barella. Indossava un camice da chirurgo blu per nascondere i tratti fisici e una mascherina a coprire i lineamenti. Quell'abbigliamento avrebbe reso più difficile descriverla, in seguito. Sapeva esattamente in che camera si trovava il sospettato e quante infermiere erano di turno. Era un momento tranquillo. Ce n'erano tre in servizio, e una di loro si trovava nella sala caffè al primo piano.

Attese finché anche le altre due non furono impegnate nelle camere dei pazienti. Era la sua occasione. Alex sentì una botta di adrenalina. Nessuna pianificazione poteva eguagliare una fortunata coincidenza.

Vide l'agente della penitenziaria seduto su una sedia pieghevole davanti alla porta del sospettato. Lui non le prestò nessuna attenzione vedendola avanzare con la barella.

Alex non prendeva alla leggera un assassinio. Doveva esserci una ragione valida per togliere la vita a qualcuno. Di solito la ragione erano i soldi.

Il cuore le batteva veloce mentre i suoi occhi scrutavano l'agente alla ricerca di armi. Aveva soltanto un manganello appeso al cinturone, ma era in forma, e muscoloso. Quindi doveva agire con decisione.

Lui si alzò per farle spazio quando gli passò accanto. Le piacevano le buone maniere.

« Ce la fa? » le chiese sorridendo. Alzando le braccia per farla passare si assicurò di mettere bene in mostra i bicipiti.

Lei annuì. « È molto gentile. » Alex lo vide rilassarsi. Perfetto.

Quando la barella passò oltre e lei si trovava a pochi centimetri dall'agente, tirò fuori un taser da sotto il lenzuolo.

La guardia la fissò per un attimo, cercando di dare un senso a quello che vedeva.

Alex premette il grilletto e sparò prima che lui realizzasse cosa teneva in mano. I due minuscoli dardi elettrificati gli si conficcarono nel mento e nel collo. Lui tentò di reagire, ma la corrente era troppo potente.

Emise un breve gorgoglio che Alex sentì a malapena sotto il crepitio del taser, mentre continuava a fargli scorrere l'elettricità nel corpo.

Dopo qualche secondo l'agente cadde proprio sulla barella. Alex si avvicinò con calma e con una siringa ipodermica gli iniettò nel collo una dose relativamente modesta di ketamina. Sarebbe rimasto fuori gioco almeno per una ventina di minuti.

Fu facile spingerlo completamente sul lettino. Sotto il lenzuolo c'erano soltanto due cuscini.

Poi Alex girò la maniglia della porta della camera del sicario e in un secondo fu dentro. Spalancò il battente per trascinare all'interno la barella.

Diede un'occhiata all'orologio. Erano passati due minuti da quando aveva iniziato a spingere il lettino vuoto. Era in linea con la tabella di marcia. Fece un bel respiro per mantenersi calma e concentrata, e si voltò verso il letto.

Il criminale dominicano aveva circa trent'anni ed entrambe le braccia ammanettate al letto. La maschera di plastica per l'ossigeno gli aderiva saldamente alla faccia. La guardò e per un attimo assunse un'aria speranzosa. Probabilmente pensò a un tentativo di farlo evadere.

Lei percorse la stanza con in mano un'altra siringa ipodermica, piena di un composto fatto in casa mescolando sedativi e cianuro. Veloce e letale. Come il giudizio di Dio.

L'uomo spalancò gli occhi ma non disse una parola.

«Mi dispiace molto doverlo fare», sussurrò Alex. «Non posso rischiare che parli quando ti riprenderai.» Gli iniettò la soluzione nella flebo.

Il giovane capì cosa stava succedendo. Prese ad agitarsi nel letto e a emettere un suono stridente da sotto la mascherina. Lei osservò la sostanza bianco latte scendere velocemente nella cannula fino al braccio.

Alex gli accarezzò la fronte e i capelli per calmarlo. «Va tutto bene. Stai tranquillo», gli disse dolcemente.

In meno di un minuto il ragazzo aveva smesso di agitarsi, era scivolato in uno stato di torpore e contemporaneamente aveva smesso di respirare.

Prima di uscire dalla stanza, Alex sistemò la testa dell'agente assicurandosi di lasciargli la trachea libera. Respirava regolarmente e il battito era forte.

Aveva fatto tutto in meno di tre minuti e mezzo.

17

Alex tenne addosso la mascherina chirurgica mentre usciva in fretta dalla camera. L'agente non si era mosso. Doveva segnarsi la quantità di ketamina che aveva utilizzato.

Quando raggiunse l'estremità del corridoio, l'ascensore proprio di fronte a lei si aprì. Fu sorpresa di vedere un altro agente in uniforme, con una pistola nella fondina al fianco.

Era più alto e più vecchio di quello con cui aveva appena avuto a che fare. Probabilmente aveva anche più esperienza e più buon senso. Le sorrise, poi guardò il corridoio.

Lei trattenne il fiato.

L'agente guardò dritto verso Alex. «Dov'è il poliziotto che dovrebbe essere di guardia alla camera?» C'era una traccia di fastidio nella sua voce.

«È sceso per la TAC con il dottore e il paziente», dichiarò lei con autorevolezza, riuscendo a rimanere calma.

Ce l'aveva proprio davanti e sperava si bevesse la storia. Allungò con noncuranza una mano dietro la schiena e prese il taser, nascosto nei pantaloni che indossava sotto il camice da chirurgo. Sarebbe stato più complicato con quest'altro poliziotto proprio davanti alle porte dell'ascensore. Ma l'avrebbe fatto comunque.

Poi le venne un'idea.

« Venga con me, le mostro la strada. » Attese la risposta. Se lui avesse esitato troppo a lungo, allora avrebbe sfoderato il taser. Meglio quello di una stilettata nell'occhio. Avrebbe evitato volentieri entrambe le opzioni.

« Avrebbero dovuto avvertirmi », rispose l'agente. « Ma non importa, non credo sia un grosso problema se li raggiungo ora nell'ambulatorio della TAC. »

Entrarono insieme nell'ascensore.

« Come si chiama? » le chiese lui bruscamente.

Fu pronta a rispondere. « Nancy Gorant. » Era stato parte integrante della ricognizione trovare una dottoressa che avesse circa la sua stessa altezza e capelli simili ai suoi. Avrebbe aiutato a confondere le acque in seguito.

« Da quanto tempo lavora qui, Nancy? »

Alex sapeva cosa rispondere. « Da poco più di quattro anni. »

Quando l'ascensore si aprì al piano terra, indicò la direzione opposta a quella in cui era diretta lei. « Deve andare in fondo a questo corridoio, poi a sinistra e percorrere fino in fondo anche quello successivo. Li troverà proprio alla fine, a destra. »

Alex lo guardò andarsene verso la direzione che gli aveva indicato. Aveva funzionato.

Tenne la mascherina e uscì dalla porta principale. Nessuno era riuscito a vederla chiaramente in viso.

Non avrebbero visto neanche il sorriso che le era spuntato sotto la mascherina mentre la soddisfazione la pervadeva.

18

Tornare a casa fu più difficile del previsto. A causa della mia folle idea di guidare fino a Buffalo senza essermi ancora ristabilito del tutto, fui accolto dalla rabbia di Mary Catherine sommata a quella di mio nonno.

Anche la dottoressa sembrava leggermente infastidita, ma aveva l'aria di essere abituata a trattare con i poliziotti testardi.

Era valsa la pena di andare a vedere Brian per tranquillizzarmi. Anche se solo temporaneamente.

Ora ero pronto a trascorrere un altro paio di giorni con la mia famiglia, che sembrava apprezzare la novità di avermi tra i piedi durante la giornata.

Chrissy, la più piccola, adorava ancora appoggiarmi la testa in grembo mentre leggevo per lei o mentre guardavamo la tv insieme. Shawna, di un anno più grande, era contenta anche solo di starmi vicino. Mi faceva stare bene.

Trent e Eddie testarono le mie capacità nella lotta. Capirono in fretta che ero più fragile del solito, quando una delle suture allo stomaco iniziò a perdere sangue. Il match di wrestling terminò subito ma fui felice di constatare che i miei figli si divertivano ancora con me.

Le gemelle, Fiona e Bridget, erano impegnate con un lavoretto sul tavolo da pranzo. Si trattava di una sorta di trapunta, che Bridget aveva iniziato sopravvalutandosi un po'. Mary Catherine l'aveva soccorsa e aveva assoldato Fiona perché la aiutasse a finire.

Ricky adorava prepararmi pranzetti speciali, tutti con un tocco decisamente cajun. Per un ragazzino cresciuto a New York sapeva bene come muoversi con la jambalaya e il gumbo. Se un tempo qualcuno mi avesse detto che l'umore di uno dei miei figli sarebbe dipeso dalla possibilità di trovare in città dell'ocra fresca, l'avrei considerata una follia.

Mi ero lentamente riconciliato con il fatto che Jane e Juliana, le mie belle figlie adolescenti, avessero ormai una vita. Tutto quello che chiedevo era che continuassero ad andare bene a scuola e studiassero durante la settimana per poter poi uscire nei weekend.

Juliana era seduta in silenzio sulla poltrona vicino al divano a coccolare il nostro gatto, Socky. Avevo capito che stava aspettando l'occasione di parlarmi senza altre orecchie nei paraggi.

I lunghi capelli scuri erano drappeggiati sulle spalle. Notai quanto era bella. L'avevamo adottata quando aveva soltanto due mesi, e anche quando era solo una bambina gli occhi castani e luminosi e il sorriso raggiante illuminavano la stanza ogni volta che entrava.

Mi alzai, spingendo dolcemente da parte Chrissy. « Potete guardare la tv per mezz'ora », dissi a lei e a Shawna.

Chrissy alzò gli occhi. « Tutto quello che vogliamo? »

« Con buonsenso. Se i programmi su TLC e sulla tv pubblica vi annoiano, limitatevi ai cartoni animati e a quello che non vi tiene sveglie la notte. » Sapevo che era abbastanza per tenerle in riga.

Incrociai lo sguardo di Juliana e le feci cenno di uscire con me sul balcone.

L'aria fresca era piacevole. La ferita alla testa stava guarendo e la brezza fredda sul viso migliorava ulteriormente la situazione. Misi un braccio sulle spalle di Juliana. Tenere stretta mia figlia mi riportò alla mente sua madre.

Era stata Maeve a costruire questa famiglia. Non l'avrei lasciata andare in pezzi per nessun motivo.

Iniziai io la conversazione. « So che vuoi parlarmi del tuo lavoro in tv. E voglio che tu sappia quanto sono orgoglioso di te e quanto è fortunato quel produttore ad averti scovato. »

Il suo sorriso bastò a ricompensarmi per le cinquecento domande che mi trattenevo dal fare. Lei mi abbracciò velocemente.

« Grazie, papà. Con tutto ciò che sta succedendo, ero preoccupata per quello che avresti potuto pensare. »

« So tutto della tua audizione. Hanno scelto te in mezzo a duecento giovani attrici. »

« Ho partecipato per un capriccio. Non avrei mai creduto che mi scegliessero. Gireremo tutto a Brooklyn e non interferirà in nessun modo con la scuola. »

« Sai che verrò a vedere il set, vero? »

« Dai, papà. Non trattarmi come una bambina. »

« Tu *sei* la mia bambina. »

« Quindi sarò l'unico membro del cast con uno chaperon? »

« Non lo so. »

Mi guardò: pensava intendessi che forse non sarei andato.

« Forse ce l'avrà anche qualcun altro », dissi invece.

Non si può sempre essere dei papà divertenti.

19

Non importava quanto i miei figli protestassero, la regola era che la sera tutta la famiglia cenava insieme. Eravamo fortunati ad avere in Mary Catherine una cuoca eccellente, e da qualche tempo Ricky le faceva da assistente.

Quella sera Ricky le aveva insegnato a cucinare una lasagna squisita. Avrei potuto indovinare chi aveva cucinato cosa senza che aprissero bocca. Mary Catherine di solito si occupava di carne e patate, viste le sue origini irlandesi, mentre Ricky stava sviluppando una vera passione per i condimenti. Era un miracolo che non pesassi duecento chili.

L'altra tradizione famigliare era la preghiera del nonno prima di ogni pasto. Aveva un talento naturale per centrare il tono e l'argomento adatti. Alla Holy Name si occupava dell'amministrazione, ma ogni tanto pronunciava un sermone ed erano pochi i preti in grado di tenergli testa, anche se non gliel'avrei mai detto per non solleticare il suo ego.

Congiungemmo tutti le mani attorno al lungo tavolo, che prevedeva sempre anche una sedia vuota per Brian. Sarebbe rimasto a Buffalo almeno per qualche settimana e i miei piani erano di andare a trovarlo regolarmente.

Seamus diede inizio alla preghiera. «Padre Celeste, grazie per questo meraviglioso cibo. Grazie per averci permesso di essere qui tutti insieme. Grazie per esserti preso cura di Michael durante il suo lavoro pericoloso e di averlo riportato sano e salvo a casa con noi ancora una volta.

« Per favore, proteggi il nostro Brian mentre guarisce dalle sue ferite. E, Signore adorato, prenditi cura della nostra bellissima Juliana nella sua grande avventura. »

« Amen », mormorarono tutti.

Quando alzai lo sguardo vidi il sorriso smagliante che Juliana rivolgeva al bisnonno. Quando hai nove fratelli ogni attenzione in più è la benvenuta.

Ma non appena tornò a guardare me si accigliò di nuovo. La capivo. Ma dovevo tenere duro.

Vicino a Juliana, Jane mi rivolse un'occhiata simile per solidarietà. Ovviamente. Qualunque concessione mi avessero convinto a fare a Juliana, avrebbe potuto approfittarne presto anche Jane. Se non altro la recitazione era compresa nel piano di studi e i crediti erano importanti.

Evitai quel confronto silenzioso rivolgendomi a Seamus. « Qualcosa di interessante alla Holy Name? Hai dovuto esorcizzare qualcuno? Storie strane? »

Essendo lui stesso un sovversivo, Seamus reagiva raramente alle mie provocazioni. Come mi diceva spesso, ero una brava persona anche se non sempre necessariamente un bravo cattolico. Ma era quello l'importante.

« Ora che me lo chiedi, mi hanno assegnato un nuovo incarico, oltre a tutti i compiti che ho già », rispose.

« Quale incarico? » chiese Mary Catherine.

« Faccio da mentore a un nuovo prete. È stato trasferito qui da Bogotá, in Colombia. È immaturo ma ha delle idee interessanti sull'educazione dei giovani. E mi piace indirizzare chi è nuovo al sacerdozio.»

Guardò oltre il tavolo quasi sfidandomi a commentare. Mi trattenni dal sottolineare quanto gli piacesse indirizzare chiunque in qualsiasi occasione.

20

Alex Martinez era stanca di perdere tempo con quel poliziotto. Questi grossi incarichi, fatti di tanti colpi distinti, a volte erano estenuanti. Non le piaceva destreggiarsi in situazioni così, ma lavorava per i soldi e i committenti la pagavano bene.

Si prese una pausa da Bennett e si concentrò su un altro obiettivo. Uno dei canadesi di cui doveva occuparsi era tornato in città. Lei aveva passato la giornata tentando di capire dove andava e cosa gli piaceva. Questa parte in particolare non prevedeva una grande pianificazione.

Alain Coush era un giovane canadese francofono di poco più di trent'anni che abitava al confine con il Québec. Durante il giorno indossava pantaloncini e maglietta, con lo scopo ovviamente di mostrare quello che il sollevamento pesi e una discreta dose di steroidi avevano fatto per lui.

Ma ora, fuori per una serata in città, sembrava uscito da una commedia anni Ottanta. Aveva almeno tre bottoni della camicia aperti e sfoggiava parecchie catenine d'oro. Non aveva l'aria di essere concentrato quanto lei sul suo incarico. Dal momento che era stato mandato a New York per spaventare alcuni membri del cartello messicano, Alex si sarebbe aspettata che li sorvegliasse. Invece sembrava soltanto a caccia di donne.

Lei odiava la mancanza di disciplina sul lavoro.

Alain guidò la Ford Mustang presa a noleggio dall'hotel fino a un Irish pub. Alex lo guardò parcheggiare da due isolati di distanza e lo seguì verso il locale, sempre rimanendo lontana.

Passò vicino all'auto, controllò il suo obiettivo, che era ancora lontano più di un isolato, infilò con nonchalance uno stuzzicadenti nella serratura della portiera dalla parte del guidatore e lo ruppe.

Entrò nel pub circa dieci minuti dopo di lui.

Anche quella volta fu delusa dalla sua mancanza di etica lavorativa e dal suo scarso istinto di sopravvivenza. Era seduto con un gruppo di amici a bere birra scura e a divorare patate ripiene e ali di pollo fritte. L'allegra combriccola non la notò mentre stava seduta da sola all'altra estremità del bancone, fingendo di concentrarsi sullo smartphone.

Quando si accorse che la festa stava per finire scivolò fuori dalla porta qualche minuto prima di lui. Sapeva dov'era diretto. Era brava nel suo lavoro. Al contrario di lui.

Le erano arrivate alcune voci sul muscoloso Alain. Si diceva che fosse un po' brusco con le sue vittime e che non facesse differenza tra uomini e donne. Era il tipo di persona che si divertiva un po' troppo sul lavoro. Non lo considerava arte.

Alex lo osservò percorrere la strada e lo seguì con aria indifferente. Era tutto a posto. Neanche un pedone per strada, il genere di cosa che non si può pianificare. Aveva solo bisogno che stesse fermo più o meno per tre secondi e sarebbe riuscita a fare ciò che doveva.

Era bello tornare in azione invece di rimuginare sul destino di quel poliziotto, Bennett. Non importava cosa sarebbe successo quella notte, aveva un volo prenotato per la Colombia la mattina dopo. Aveva bisogno di ritornare a casa, al ranch, con le persone di cui si fidava. Poteva sempre tornare poi a terminare il resto degli incarichi che le aveva affidato il cartello.

Infilò la mano nella borsetta e sentì la piccola pistola Kahr 9mm. Per questo genere di faccende era l'arma più indicata, oppure uno stiletto. Dipendeva dal bersaglio. Questo tizio era un duro e un'arma da fuoco era la scelta più sicura.

Il canadese era quasi arrivato alla Mustang. Lei continuò a camminare normalmente mentre lui si avvicinava all'auto e tentava di infilare la chiave nella portiera dal lato del guidatore.

Rompere uno stuzzicadenti nella serratura era un trucco vecchio ma efficace.

Non solo attirò del tutto l'attenzione del bersaglio ma lo costrinse anche a rimanere fermo. Alex lo sentì imprecare sottovoce mentre cercava di infilare la chiave a forza.

Quando lui alzò lo sguardo e la vide non si allarmò. Idiota.

« Ehi, ciao », le disse con un sorriso.

Quando parlava inglese, l'accento si percepiva a malapena.

« Ciao. »

« Ma che carina! »

Alex sapeva che sarebbero state le sue ultime parole. Sollevò in silenzio la pistola e la puntò. I due proiettili attraversarono la canna e il silenziatore emettendo soltanto un debole scoppiettio. Lo colpì per due volte al viso e lui cadde sul marciapiede senza emettere un suono.

Lei lo superò, guardandolo per accertarsi che gli spari fossero stati devastanti come pensava. Il sangue colava sul marciapiede dai due fori sulla faccia del canadese. Uno era sulla guancia e l'altro appena sopra l'occhio sinistro.

Scattò velocemente una foto come prova dell'omicidio e proseguì per la sua strada. Un altro contratto portato a termine; ora poteva pensare a come andare in aeroporto la mattina dopo.

Era quello il tipo di problemi che le piaceva.

21

Visto che dovevo starmene a casa mi resi utile preparando la colazione per i ragazzi e accompagnandoli in orario alla Holy Name senza svegliare Mary Catherine. Perfino la preside, sorella Sheilah, fu soddisfatta. Credetemi, non capita spesso. Avevo l'impressione ogni tanto che mi vedesse come la balena bianca. Inafferrabile. Aveva provato inutilmente a raddrizzarmi da piccolo e qualche volta sembrava che cercasse ancora di farlo, anche se ormai ero un adulto.

Ma ai ragazzi piaceva. Certo, era dura e severa, però c'era qualcosa nel modo in cui faceva funzionare tutto e in come trattava i bambini che la rendeva adorabile ai loro occhi. Il complottista dentro di me era convinto che fosse solo una sorta di vendetta personale. Costringere i miei figli ad amarla per farmi dispetto. Mio nonno era l'unico con cui osavo condividere quelle teorie.

Decisi quindi di farlo. Girai attorno all'isolato con il grosso furgone Ford e parcheggiai davanti agli uffici dell'amministrazione della chiesa.

Quando varcai la soglia un prete che non conoscevo mi salutò. «Come posso aiutarti?»

Sembrava avere qualche anno più di me ed era in forma smagliante. Percepii un leggero accento mentre cercavo mio nonno con lo sguardo. «Sono Michael Bennett, il nipote di Seamus», risposi.

«Il detective con un esercito di figli», disse lui con un largo sorriso.

«Proprio io.»

«Sono Alonzo Garcia, il nuovo prete della chiesa.»

«Sei *tu* il prete cui Seamus sta facendo da mentore?»

«In persona.»

«Ma sei...» sbottai. Riuscii a non dire ad alta voce la parola «vecchio».

«Molto più bello di quanto ti aspettassi?» rispose lui con un sogghigno.

Ridemmo entrambi.

«Sono nuovo al sacerdozio», proseguì padre Alonzo. «La Chiesa ha accolto un altro uomo come tuo nonno, con altrettanta esperienza, ritenendo che possa ancora rendersi utile.»

«Anche tu avevi un bar?»

Ridacchiò. «Più o meno.»

Speravo in una qualche spiegazione, ma dovetti lasciar perdere. Per il momento.

Seguii il prete negli uffici spaziosi, costellati a ogni angolo di scatoloni ricolmi. Prese la tazza di tè che stava preparando e la posò sulla scrivania davanti a Seamus.

«Vedo che vi siete conosciuti», disse mio nonno. Tossì e si soffiò il naso.

Prima che potesse dire altro, padre Alonzo gli mise davanti anche un piatto che conteneva un'arancia a spicchi. Lo apprezzai.

Negli ultimi mesi ci eravamo tutti preoccupati per la salute di Seamus. Dall'infarto aveva perso peso e aveva l'abitudine di non curarsi dei dettagli, come bere abbastanza acqua o mangiare abbastanza frutta.

Chiacchierammo tutti insieme per qualche minuto, poi padre Alonzo mi invitò a uscire con lui sul campo sul retro, a guardare la partita di calcio in corso. Era chiaramente orgoglioso di insegnare agli studenti della Holy Name lo sport di squadra più popolare al mondo.

Non appena fuori, si girò verso di me. « Tuo nonno a volte è molto testardo. »

Sbuffai. « Puoi dirlo forte. »

« Sta alzato fino a tardi, di giorno non riposa mai, e non mangia neanche lontanamente quanto dovrebbe », continuò lui.

Parlavamo mentre facevamo il giro attorno al campo di calcio. Anche mio nonno era uscito dopo di noi ed era a bordocampo.

La partita era vivace e combattuta. Fui colpito. Non ero abituato a tutto quell'entusiasmo per il calcio lì a scuola.

Due ragazzini di circa dieci anni si presero a spintoni per una palla in fallo laterale. Rimasi colpito dalla calma di padre Alonzo quando spedì uno dei due verso la rete e l'altro dalla parte opposta del campo.

Poi mio nonno urlò loro qualcosa in spagnolo. Non lo avevo mai sentito parlare in spagnolo, nonostante più di un terzo degli studenti in effetti fosse di origine ispanica.

Seamus mi guardò e sorrise. « Io ho insegnato ad Alonzo le cose importanti per guidare un gregge, e lui mi insegna lo spagnolo. Un buon affare per entrambi. »

Dovetti concordare.

22

Due giorni dopo, alle nove esatte, entrai nell'edificio che ospitava la Squadra Omicidi di Manhattan Nord. Si trovava sulla Broadway vicino a 133rd Street, dall'altra parte della strada rispetto alla linea 1 della sopraelevata. Niente faceva capire che quell'edificio, di proprietà della Columbia University, ospitasse alcune unità speciali della polizia di New York, tra cui la Omicidi e l'Intelligence.

Circolavano battute sul fatto che l'Intelligence si chiamasse così perché ci andavano i poliziotti intelligenti, o comunque abbastanza furbi da farsi assegnare lì ed evitare incursioni e sparatorie.

L'unità era così brava nel suo lavoro che spesso era lei ad aggiornare i federali sui movimenti nel mondo del crimine o sulle minacce specifiche. Naturalmente l'FBI non l'avrebbe mai ammesso.

Mi sentivo ancora stanco e mi muovevo con lentezza. Ma ne avevo bisogno. Dovevo tornare alla mia routine.

Impiegai quasi venti minuti a raggiungere il mio ufficio al settimo piano. Mi salutarono tutti, dal tecnico della manutenzione al tenente, che aveva deciso di mantenere lì il suo ufficio. Due parole, una stretta di mano o anche solo una pacca sulle spalle, tutti mi fecero sentire a mio agio, felice di essere tornato.

Una sparatoria che coinvolge degli agenti tocca chiunque lavori in polizia. La perdita di un collega ricorda a tutti la propria mortalità e che essere un poliziotto è molto più di un semplice lavoro. Capisco quanto sia difficile comprenderlo per i civili. La maggior parte di loro non ha un lavoro che prevede che qualcuno possa cercare di ucciderli.

Non potei fare a meno di guardare in direzione della scrivania vuota di Antrole. Nessuno aveva toccato nulla. Sull'angolo c'erano ancora le foto della sua famiglia e probabilmente ci sarebbero rimaste per mesi. Nessuno ha troppa fretta di rimuovere il passato quando si tratta di un poliziotto ucciso in servizio.

L'ufficio pubbliche relazioni della polizia aveva comunicato ai media il nome di Antrole. Io venivo citato semplicemente come «un altro detective ferito». Mi andava benissimo.

Mi andava bene anche essere tornato al lavoro, mi occupava la mente. Inoltre mi faceva credere di poter fare la differenza nel mondo. O almeno a New York.

Non ero alla scrivania neanche da cinque minuti che Harry Grissom si fermò a salutarmi e mi chiese di seguirlo nel suo ufficio. Chiuse la porta dietro di noi e si sedette sull'angolo della sua scrivania, mentre io mi accomodai sulla sedia davanti. Avevo imparato negli anni che quando faceva così voleva dire che era preoccupato per me. Se fosse stato arrabbiato si sarebbe seduto dietro la scrivania. Ma, quando era preoccupato per la salute mentale di uno dei suoi detective, pensava che sedersi sul bordo della scrivania rendesse il colloquio più intimo.

«Non dovevi tornare al lavoro così in fretta.»

«Sono stato via abbastanza. Mi sento bene. La testa è a posto. Non c'è bisogno che ti preoccupi.»

L'allampanato tenente si limitò a fissarmi. Era sempre difficile capire cosa stesse pensando. Ero felice di non averlo mai sfidato a poker. «Voglio che rientri in azione», disse alla fine. «Non su un caso specifico. Fai una panoramica di tutti gli omicidi compiuti a Manhattan e nel Bronx. Guarda se trovi degli schemi ricorrenti. È il tipo di lavoro che dovremmo fare più spesso.»

Riuscii a stento a trattenermi dal sorridere. Il mio tenente, l'ufficiale di grado più alto della mia unità, stava infrangendo le regole senza dirlo apertamente. Mi stava dando il permesso di frugare nell'agguato che aveva ucciso il mio partner per provare a capire se fosse connesso con qualche altro omicidio. Non l'aveva detto, non poteva farlo. Ma mi stava concedendo spazio di manovra a Manhattan e nel Bronx.

Dal momento che era rimasto coinvolto un poliziotto, gli Affari Interni lavoravano al caso insieme alla Omicidi. Loro non mi avrebbero mai voluto nei paraggi. Ero un testimone, ed ero troppo vicino ad Antrole perché mi permettessero di investigare direttamente sull'imboscata.

Presi sul serio il mio nuovo incarico e raccolsi velocemente tutte le informazioni che potevo su ogni omicidio degli ultimi tre mesi. Molti erano omicidi considerati non sospetti. L'aggressione domestica terminata con la moglie che pugnala il marito. La rapina a mano armata in una gioielleria, durante la quale il rapinatore era andato nel panico e aveva sparato alla moglie sessantottenne del proprietario. Le solite uccisioni seriali nel mondo della droga. Tuttavia ce n'era qualcuno che attirò la mia attenzione.

Il primo, naturalmente, fu l'assassinio del dominicano sopravvissuto. Era ricoverato in ospedale, convinto ormai di essersela cavata. L'agente in servizio aveva raccontato che qualcuno l'aveva fulminato con un taser e poi l'aveva neutralizzato con una massiccia dose di tranquillanti.

I dettagli sul killer erano pochi. Il poliziotto pensava che fosse una donna, ma non poteva giurarlo perché non l'aveva visto in faccia. Poteva trattarsi di un uomo basso. La larghezza dei camici da chirurgo e la memoria annebbiata dai tranquillanti non aiutavano.

Presi nota anche che qualcuno aveva disattivato la videosorveglianza dell'ospedale. Niente portava la firma di un killer avventato o violento.

23

Nel pomeriggio guidai fino alla zona sud di Brooklyn. Fu soltanto quando mi trovai nei pressi del ponte che realizzai da quanto tempo non passavo in quel quartiere. Era davvero rinato negli ultimi anni. Era la zona in cui venivano aperti tutti i ristoranti più alla moda, e stava attirando sempre più studi televisivi e cinematografici. C'erano location fantastiche dappertutto.

A Brooklyn Heights di capannoni adatti a uno studio cinematografico ce n'erano solo un paio. Il posto era molto diverso da Red Hook o Gowanus, piene di magazzini che attraevano i nuovi investitori.

Trovai l'indirizzo che mi aveva dato Juliana e mi fermai lì fuori per un minuto. Questo non aveva l'aspetto di uno di quegli studi moderni ed elaborati. Era semplicemente un vecchio magazzino di Brooklyn Heights.

Nessuno mi salutò all'ingresso e nessuno tentò di fermarmi mentre percorrevo i corridoi. Riuscii a osservare quello che succedeva attorno alla sala principale. Quando tornai indietro, un tecnico che reggeva un microfono a giraffa mi salutò con un cenno del capo.

«Sono nel posto giusto per il set di *Century's End*?» gli chiesi.

Il tecnico indicò con il pollice verso la sala.

Lo ringraziai e continuai a camminare. Sembrava ci

fosse poco staff e nessuna sicurezza, ma il set era imponente. Aveva l'aspetto di una grande discoteca anni Novanta, con pista da ballo e bancone rotondo.

Non c'erano riprese in corso e in molti bighellonavano in giro. Juliana mi aveva raccontato che la trama parlava dei giovani di New York negli anni Novanta. Non ero così sicuro di volere che mia figlia interpretasse qualcuno degli avventori di un locale notturno di quegli anni. Poteva anche essere divertente, ma non è precisamente quello che vuoi che facciano i tuoi figli.

Sentii uno strillo familiare. «Papà!» Era una parola che mi emozionava sempre e Juliana sembrava felice di vedermi, nonostante le sue obiezioni alle mie visite. Aprii le braccia per accoglierla.

Mentre balzava in piedi per abbracciarmi diedi una rapida occhiata al suo costume di scena. Un abito da cocktail scollato. Molto scollato. Non sapevo come reagire, ma non volevo che lo capisse. Senza pensarci mi sfilai la giacca e gliela drappeggiai sulle spalle. Lei si accigliò ma se la tenne addosso.

Una parte di me avrebbe voluto mostrare a tutti in modo chiaro pistola e tesserino. Se sei grosso e tutti sanno che sei un poliziotto, a volte fare il padre è più semplice.

«Hai detto che avresti finito presto, così ho pensato di darti un passaggio per tornare a casa. Così ti risparmi la fatica della metropolitana.»

«Grazie, papà.» Juliana si attardò un attimo per presentarmi al regista. Era un uomo un po' più vecchio di me e non poteva importargliene di meno dei visitatori che si aggiravano sul set. Mi fece un cenno annoiato e ordinò a Juliana di presentarsi il giorno dopo.

Mentre uscivamo, rimuginavo su come chiedere a Mary Catherine di passare a buttare un occhio durante le riprese. Solo così avrei trovato un po' di pace.

24

Il giorno dopo mi sedetti alla scrivania e cominciai a esaminare i molti casi che avevano attirato la mia attenzione. La selezione degli omicidi di Manhattan e del Bronx includeva quelli di due turisti canadesi.

Uno era avvenuto prima dell'agguato, mentre l'altro subito dopo. A una prima occhiata i due casi sembravano scollegati, almeno fino a quando non si notava che entrambe le vittime avevano precedenti in Canada per traffico di stupefacenti.

Si accordava con quello che Brian mi aveva raccontato del cartello messicano in guerra con un gruppo canadese per il controllo del mercato delle droghe sintetiche nel Nordest degli Stati Uniti, una storia che mi era stata confermata anche da altre fonti.

Il primo omicidio era avvenuto vicino a Times Square e la vittima veniva identificata come un turista. Le mie ricerche dicevano che era un tesoriere della mafia canadese. Era stato pugnalato al cuore, una volta sola. Secondo il referto del medico legale la ferita era stata provocata da una lama dritta lunga dieci centimetri. La parola che mi riecheggiava nella testa era *stiletto*. Nessuno della Scientifica aveva utilizzato quel termine. Usavano termini tecnici come *lama* o *strumento*.

Parlai con il detective che si occupava del caso. Mi ricordavo di lui per alcune indagini passate. Bravo ragazzo, ma forse non motivato quanto la maggior parte degli altri detective della Omicidi.

«Uno di quelli brutti. Secondo la coroner, il colpevole è un uomo tra il metro e settanta e il metro e ottanta», mi disse al telefono.

«Come lo sa?»

«Per l'angolazione del colpo e per la forza necessaria. Pensa che fosse qualcuno che sapeva usare bene un coltello o un punteruolo affilato.»

Di nuovo pensai *stiletto*.

«Sai dirmi qualcosa della vittima o di un possibile movente?» chiesi.

«Sì. Un semplice turista della periferia di Toronto. Immagino sia stata una rapina.»

«Hai visto i suoi precedenti?»

«Sì, e allora?» Lo infastidiva che qualcun altro curiosasse nel suo caso.

«Non pensi che i suoi precedenti possano aver avuto un ruolo nell'omicidio?»

«No, è la vittima, non il sospettato.»

Lasciai perdere. «Secondo il referto, aveva ancora denaro e portafogli addosso quando l'hanno trovato.»

«Sì, e con ciò?»

«Che genere di rapinatore si prende la briga di ucciderti ma senza derubarti?»

«Il genere che è stato spaventato da qualcosa o che non aveva intenzione di uccidere la vittima.»

«Come fa una pugnalata al cuore a essere accidentale?»

«Non lo so. Te lo dirò quando lo avremo preso.»

Sapevo che da lui non avrei ottenuto molte informazioni utili.

Il secondo omicidio era avvenuto a qualche isolato di distanza da Bryant Park. La vittima era un noto sicario della mafia canadese di nome Alain Coush, appena uscito da un Irish pub. Gli avevano sparato in faccia due volte. Non c'erano né testimoni né indizi.

Conoscevo bene la detective che si occupava del caso. Si chiamava Cassandra Max, Cassie per gli amici e Maximum Cass per chi non stava dalla sua parte. Era intelligente e solerte, un astro in ascesa, ed era considerata una degli investigatori più brillanti della città. La sua conoscenza dello spagnolo e del creolo, imparati dai genitori, la rendeva ancora più preziosa.

« Non abbiamo nulla, ma sto ancora setacciando la zona alla ricerca di qualche telecamera di sorveglianza », mi disse quando ci incontrammo. Aprì un taccuino. « Secondo me è stato un professionista. Ha incastrato uno stuzzicadenti nella serratura della portiera. La mia impressione è che, mentre la vittima cercava di aprire, il killer si sia avvicinato e le abbia sparato. »

Mi piacevano il suo atteggiamento pratico e il suo rigore professionale. Il caso non era chiuso, quindi decidemmo di rimanere in contatto.

Ma, anche se questi omicidi facevano parte di uno schema, cosa c'entravano con l'agguato che aveva ucciso Antrole o con l'aggressione a Brian?

25

Dopo una giornata intera passata a fare ricerche e a leggere centinaia di rapporti, decisi di fermarmi alla Holy Name per dare un'occhiata al nonno.

Entrando nell'ufficio sentii subito Seamus e il suo nuovo amico, padre Alonzo, dibattere su una delle grandi questioni filosofiche dei nostri giorni: se sia più divertente il calcio o il football americano.

Il nonno sorrise quando mi vide e mi fece cenno di sedermi di fronte alla sua scrivania. «Ti vedo turbato, ragazzo mio. Qual è il problema?»

«Solo il troppo lavoro. Sto indagando su un paio di omicidi connessi al traffico di droga. Nessuno capisce mai che la ricerca di una pista può essere stancante quanto pattugliare le strade.»

«Sei autorizzato a dirci qualcosa di questi due casi?»

Feci loro una veloce panoramica dei due canadesi e del modo in cui erano stati uccisi. Sorvolai sui dettagli raccapriccianti, ma il succo c'era. «Potrebbe essere un azzardo, ma sto lavorando su un possibile collegamento con la nostra imboscata. Ho la sensazione che tutta questa violenza sia collegata, compresa l'aggressione a Brian», conclusi.

Fui sorpreso quando padre Alonzo si sporse in avanti.

«Non voglio intromettermi in questioni che non mi riguardano, ma ho già visto questo tipo di cose.»

«Dove hai visto omicidi simili?»

«In Colombia. In confronto, Chicago sembra un posto tranquillo.» Fece una pausa. «L'omicidio commesso senza un'arma da fuoco. Si è trattato di un colpo singolo inferto con un coltello o qualcosa di simile? Magari al cuore, o da sotto il mento fino al cervello?»

Mi colse di sorpresa. «Esatto. Un singolo colpo al cuore.»

«E quello con la pistola invece ha l'aria di essere pianificato con cura? Forse hanno utilizzato qualche diversivo?»

Ora ero sbalordito. «Sì. Sembra che l'assassino abbia rotto uno stuzzicadenti nella serratura della portiera. L'ipotesi è che questo abbia dato la possibilità al killer di stare immobile e mirare con attenzione.» Alonzo annuì. «Ma non posso collegare direttamente all'agguato nessuno dei due assassinii. Non c'è niente che rimandi all'attacco che ha ucciso il mio partner.»

«In Colombia è molto comune tra i sicari reclutare manodopera locale in certe occasioni. Specialmente quando giocano fuori casa. E ne conosco molti che si servono di uno stiletto affilato ogni volta che possono. È un'abitudine che gli viene dall'addestramento ricevuto a Bogotá da un istruttore di arti marziali. Molti aspiranti affiliati al cartello si sono allenati con lui nel corso degli anni. È motivo d'orgoglio dichiarare di aver imparato da lui. Ha addestrato anche alcuni poliziotti», spiegò padre Alonzo.

«Ottima intuizione. Hai altre sorprese in serbo?»

«Mi dispiace, da un po' di tempo la Chiesa mi assorbe completamente. A parte qualche occasionale confessione audace, sono del tutto tagliato fuori dalla violenza e dal vizio. Ma se cerchi un allenatore di calcio sono a tua disposizione.»

«E immagino tu non voglia condividere con noi il motivo per cui conosci tutti questi dettagli.»

«Giusta osservazione. Spero comunque di averti aiutato.»

Era chiaro che non avrebbe aggiunto altro.

Fissai il rampante prete ultraquarantenne con il mio migliore sguardo da poliziotto. Non distolse gli occhi castani neanche per un secondo.

Non appena avessi avuto un po' di tempo, avrei dovuto scoprire come mai questo mite pretino sapeva tante cose sui trafficanti di droga.

26

Quando nella vita hai una donna come Mary Catherine a salutarti sulla porta dopo una lunga giornata, puoi essere solamente grato. Mi diede un bacio, che avrebbe anche potuto durare di più se Chrissy e Shawna non fossero accorse strillando come scimmiette per farsi prendere in braccio dal papà.

Apprezzai l'entusiasmo e le issai sulle spalle mentre marciavo per l'appartamento salutando gli altri figli. Con stupore trovai Jane, Ricky e Eddie intenti a studiare nel soggiorno. C'erano libri e carte sparsi ovunque sul tavolo e tutto quello che ottenni fu un cenno di saluto distratto quando alzarono gli occhi.

Bridget e Fiona facevano stretching sul pavimento. Dalla tv un video della PBS uscito direttamente dagli anni Novanta dava istruzioni di yoga lente e precise.

Pochi minuti dopo il mio ritorno Juliana arrivò a casa praticamente saltando. La sua allegria era così contagiosa che distolse subito Jane dallo studio.

« Ce l'ho. Ce l'ho! » strillava la mia figlia maggiore.

Quando guardai mi accorsi che teneva in mano qualcosa. Sembrava una carta di credito, ma non sapevo di che genere.

Mollai le piccoline sul divano e seguii Mary Catherine da Juliana. Lei sollevò la tessera davanti ai miei occhi. « È ufficiale. Ho ricevuto la tessera SAG. Te la danno solo se sei un'attrice professionista», dichiarò.

Era una novità emozionante. Quando esibì la tessera davanti a me, rimasi un minuto a fissarla. «Chi è Jules Baez?» fu tutto ciò che riuscii a dire.

«È il mio nome d'arte. Non possono esserci due nomi d'arte uguali», rispose Juliana con un sorrisetto furbo.

«C'era già una Juliana Bennett?» intervenne Mary Catherine.

«No. Ho soltanto pensato che questo nome fosse più originale. Il regista mi ha aiutato a inventarlo. Sostiene che favorirà la mia carriera.»

«Perché, hai bisogno di favoritismi?» chiesi.

«È solo che Jules Baez suona *meglio*. È un concetto sottile, papà. Devi essere del mestiere per capirlo.»

Stavo per rispondere quando sentii sulla spalla la mano di Mary Catherine. Aveva un modo gentile e tutto suo di distrarmi e calmarmi.

Lasciammo che Juliana corresse in sala da pranzo dove tutti i ragazzi si erano riuniti per vedere la tessera ufficiale della Screen Actors Guild.

«È al settimo cielo. Lasciale vivere questo momento. So che ti dà fastidio che usi un altro nome e voglia sentirsi una donna in carriera, ma devi ricordarti chi è. È una brava ragazza che non ti ha mai dato problemi. Dobbiamo fidarci del suo giudizio. Se non altro in queste situazioni», mi disse Mary Catherine riportandomi in soggiorno.

Annuii. La mia fidanzata aveva un rapporto eccezionale con i ragazzi. Li capiva come fa un genitore. Sarei stato un cretino a non ascoltarla.

Dopo cena i ragazzi ripresero a studiare. Fui contento di vedere che Juliana si era unita ai fratelli e alle sorelle più giovani raccolti attorno al tavolo. Con gli occhiali, concentrata sull'algebra, era di nuovo la mia bambina e sentii un'ondata di sollievo.

Raggiunsi Mary Catherine sul balcone e rimanemmo a guardare il fiume. « Spero che tu sappia di essere un bravo padre », mormorò appoggiandomi la testa sulla spalla.

Pensai a Brian. « Ho commesso degli errori. »

« E non è umano? »

Quando qualcosa mi turbava lei riusciva sempre a farmi sentire meglio. La baciai sulla testa. « Hai pensato alla data per il matrimonio? »

Si girò e mi sorrise. Poi si sentì uno strillo in casa. Niente di strano, soltanto i soliti rumori dei ragazzi.

« Che diavolo succede? » chiese Mary Catherine voltandosi e dando le spalle alla ringhiera. Poi corse dentro senza rispondermi. Mi attardai qualche secondo per stare da solo sul balcone.

27

Alex Martinez guidò il suo pickup Chevy Silverado dal parcheggio vicino all'aeroporto di El Dorado, nella zona nord di Bogotá, fino al ranch alle porte della piccola cittadina di Melgar, a due ore e mezzo circa verso sudovest.

Aveva sentito l'odore degli animali dello Zoológico Cafam Melgar mentre lo oltrepassava. Il semplice zoo municipale aveva un odore differente dal suo ranch. Lo attribuiva alla presenza dei primati. L'odore dei cavalli le piaceva, mentre i primati erano troppo simili agli esseri umani.

Alex riusciva a malapena a contenere la felicità per essere tornata a casa. Le grandi città, New York, Parigi, Città del Messico, erano troppo affollate. Più tempo ci passava e meno si sentiva umana.

Il cancello principale del ranch era aperto. La stavano aspettando. Salutò dal pickup, senza rallentare, le famiglie che abitavano nelle due case all'inizio della proprietà, che erano uscite ad accoglierla. Aveva trovato il modo di dare un lavoro sia ai padri sia alle madri e di provvedere all'istruzione di sei bambini. Non era sempre facile.

Dopo un chilometro e mezzo rallentò vicino alla casa padronale. Riusciva a intravedere la grossa sagoma della governante, Maria, e quella sottile come un giunco del marito, che si occupava della manutenzione della proprietà. Vicino a loro c'erano le due persone che aveva davvero voglia di rivedere.

Scivolò fuori dal pickup e prima ancora che toccasse terra si ritrovò quattro braccine avvolte intorno alla vita. Si abbassò per stringere entrambe le figlie contemporaneamente.

Clemency aveva sei anni e le piaceva comportarsi da signorina. I capelli erano come sempre lisci e ben pettinati. La sorellina Gabriela, quattro anni appena compiuti, aveva il solito aspetto scarmigliato, che scaldava sempre il cuore di tutti gli adulti che incrociava.

Alex si fermò un momento per perdersi nell'emozione di quegli abbracci. Ogni volta che partiva le sembrava di stare via troppo a lungo.

Si avviò verso la casa tenendole per mano. Voleva sapere tutto quello che era successo e tutto quello che avevano imparato.

Maria abbracciò Alex e la baciò sulla guancia come con una figlia. Il marito le fece un pomposo inchino. Il vecchio aveva passato molti anni nell'esercito, prima del congedo forzato perché sospettato di affiliazione a un cartello della droga. Lei una volta gliel'aveva chiesto. Lui aveva riso. « Se lavorassi per un cartello, sarei qui a riparare il tuo water? » aveva risposto.

Le sei persone, uomini e donne, che vivevano nelle costruzioni vicino alla casa padronale mantennero le distanze ma la salutarono educatamente. Era a casa, e lo sentiva. Pensava che niente potesse smorzare il suo buonumore.

Non appena fu dentro, con le bimbe che trasportavano attentamente uno dei suoi borsoni in camera da letto, sentì vibrare il telefono. Vedendo il messaggio riconobbe immediatamente il numero. Era il suo contatto con il cartello messicano.

Il testo era semplice e diretto.

Michael Bennett è vivo.

28

Alex Martinez sapeva bene quanto le mancassero le figlie quando era via. Quel giorno si stava facendo un'idea di quanto *lei* mancasse a Gabriela e Clemency.

Erano tutte e due pronte per una bella cavalcata, ognuna con il proprio stile.

Clemency era vestita di tutto punto, stivali inglesi da monta a metà polpaccio e pantaloni da equitazione infilati negli stivali. Gabriela invece sembrava una fuorilegge uscita da una pellicola anni Cinquanta, inclusa la bandana rossa legata attorno al collo e i capelli neri che spuntavano dal minuscolo Stetson.

Alex aiutò le ragazze a montare in sella. Voleva che imparassero a cavarsela da sole e che capissero come mantenere i cavalli tranquilli e in salute. Mostrò a Gabriela come alleggerire il morso e la bimba seguì la lezione con la massima concentrazione.

L'animale che Clemency preferiva ultimamente era un puledro di nome Samuel. Alex non credeva che la bimba sapesse che il nome del puledro era un omaggio al produttore della Colt.

Gabriela invece negli ultimi tempi montava un pony chiamato Biscuit e Alex capiva il perché. Il cavallino aveva una criniera selvaggia ed era pieno di energia. Erano fatti l'uno per l'altra.

Quando Alex era ragazza, il suo istruttore inglese di equitazione chiamava i cavalli come Biscuit «Welsh Cob». Non era un termine che si sentiva molto spesso in Colombia, ma Alex lo usava ancora in memoria di quell'istruttore.

Per quanto in momenti come questi si rilassasse un po', Alex era sempre all'erta, consapevole di quanti nemici si facesse un sicario nel corso della sua carriera. Teneva la Beretta 9mm in una borsa appesa alla sella, sempre a portata di mano. Era una delle abitudini che aveva preso da quando era incappata in quella professione subito dopo la laurea.

Il padre delle ragazze, Rafael, non era mai stato d'accordo con la sua scelta. Probabilmente questo aveva influito sulla sua decisione di andarsene a vivere con una ragazza che ballava sulle navi da crociera. Ora le bambine ricevevano cartoline da ogni parte del mondo, ma raramente vedevano quel buono a nulla del padre, che si manteneva con la rendita di un fondo fiduciario.

Gabriela ridacchiò e Alex si voltò sulla sella per vedere cosa ci fosse di tanto divertente.

Biscuit stava annusando il posteriore di Samuel, il puledro di Clemency.

Alex tornò a guardare davanti a sé per nascondere il sorriso.

Clemency partì al trotto, ma aveva il suo bel daffare per controllare Samuel.

«Vai alla grande, Clemency, ma devi immaginare che tu e Samuel siete una cosa sola», le suggerì Alex. «Tu sei parte di lui e lui è parte di te. Lascia che avverta la tua fiducia.»

Clemency annuì e subito provò a girare velocemente e a scattare, con i lunghi capelli scuri sciolti sulla schiena.

Gabriela raggiunse la madre. « Come vado, mamma? »

« Benissimo, piccola. Tu e Biscuit siete perfetti insieme. »

Alex venne distratta da un altro cavaliere, che arrivava dalla direzione del ranch. Si irrigidì e aprì la borsa per prendere la pistola.

Poi lo riconobbe. « Manny! »

Suo cugino, un uomo di trentatré anni dal fisico asciutto, le sorrise e si avvicinò.

Alex si sporse dal cavallo per dargli un bacio.

« Sei bellissima, come sempre. »

Le bimbe si precipitarono a salutare lo zio Manny.

« Propongo una gara. Io e vostra madre, fino alla collina alta e ritorno. Voi due sarete gli arbitri nel caso lei tenti qualche scherzetto », disse Manny.

Alex non attese il segnale. Spinse Mitzi al galoppo e Manny rimase subito indietro.

Manny cavalcava un castrone di nome Reynaldo. Era grosso, centodieci centimetri al garrese, ma aveva un'andatura aggraziata.

Alex guardava in avanti, evitando le tane dei gopher e altri ostacoli pericolosi per un cavallo al galoppo. Incitava l'animale colpendolo con i talloni. Non aveva mai usato la frusta o gli speroni in vita sua.

Manny si adeguava al suo passo, dando a Reynaldo calci forti ma niente di più.

Reynaldo aveva la velocità, ma Alex aveva l'esperienza.

Girò attorno alla quercia sulla cima della collina. Alzò la testa per guardare le ragazze che facevano il tifo a quasi quattrocento metri di distanza. Il sudore le gocciolava negli occhi e sentiva le gambe stanche per la fatica della cavalcata e della tensione sulle staffe.

Alex odiava perdere. Specialmente contro suo cugino Manny.

Alla fine tagliò il traguardo prima di lui e sorrise agli strilli delle bambine.

Rallentarono entrambi e raggiunsero al trotto le ragazze emozionatissime.

« Per l'ennesima volta, vostra madre vi ha dimostrato che le donne possono competere con gli uomini in qualsiasi campo », disse Manny.

Alex era raggiante sia per la vittoria sia per l'eccitazione delle bambine.

Dopo qualche minuto le spedì avanti, in modo che loro due potessero parlare di lavoro: ne avevano uno in comune.

« Qualche affare interessante in vista? » chiese Alex.

Manny scosse la testa. « Mi sono preso una pausa. Dopo aver portato a termine un incarico a Rio sono stato quasi catturato dalla polizia brasiliana. Il dirigente di una compagnia petrolifera mi aveva assunto per occuparmi di uno dei suoi rivali. Il lavoro in sé non era troppo complicato, ma la polizia tende a essere più scrupolosa quando non c'è di mezzo il traffico di droga. Sono riuscito a stento a tornare casa senza dover spiegare perché avevo ficcato due proiettili nella testa di quel tizio. » Non c'era traccia di umorismo nel suo tono. « Ho sentito qualcosa sugli incarichi che ti hanno affidato a New York. Lì non apprezzano proprio l'omicidio di un poliziotto. Non è come in Messico, dove pagando stanno tutti buoni. Negli USA faranno tutto il possibile per trovarti. Tu hai le bambine, questo ranch, tutta questa gente di cui ti prendi cura. Io ho soltanto me stesso.»

«E tua madre.»

«Va bene, ma non ho figli.»

Alex sospirò. «Che cosa ci posso fare? Sono affari. Preferirei restarmene qui con le bambine.»

«Lo preferirei anch'io. Lascia che sia *io* a portare a termine l'incarico.»

Lei rise. «Sempre a cercare di proteggermi. Lo apprezzo, Manny, ma posso farcela quanto te. A questo proposito, ci sono ancora un paio di canadesi a New York di cui devo occuparmi.»

«Quando parti?»

«Domani ho un appuntamento con il mio contatto nel cartello. Prima di prendere delle decisioni voglio sapere cos'ha da dirmi.»

«Proprio tipico tuo. Nessuna decisione si prende alla leggera, non importa quanto sia piccola. Vorrei avere la tua disciplina», disse Manny con una risata.

Alex sospirò di nuovo. «Credimi, non ti converrebbe.»

29

Quella sera arrivai a casa subito prima di cena. Ero stremato. Probabilmente non mi ero ancora ripreso del tutto, al contrario di quanto pensavo. Mi avevano avvisato tutti, da Mary Catherine ai medici. Ma, stranamente, facevo ancora molta fatica ad ammettere di essere un testardo.

I più piccoli sfrecciarono uno alla volta nel corridoio per salutarmi, come facevano sempre. Distribuii abbracci e baci che immediatamente spazzarono via la stanchezza. I più grandi mi rivolsero dei cenni di cortesia e Ricky disse persino: «Ehi, papà».

La cena profumava del tradizionale arrosto irlandese con l'aggiunta di qualche spezia di Ricky.

Quando entrai in sala da pranzo, pronto a salutare Mary Catherine, fui sorpreso di vedere la figura atletica di padre Alonzo che aiutava a portare i bicchieri in soggiorno.

«Ciao, Michael. Spero non ti dispiaccia che tuo nonno mi abbia invitato a cena.»

«Certo che no. In una famiglia di queste dimensioni una persona in più quasi non si nota.»

Proprio in quel momento arrivò di corsa Chrissy con il gatto in braccio. «Socky ha qualcosa che non va.»

Lo osservai. «Cosa intendi, tesoro?»

Shawna e Trent si unirono al consulto.

Chrissy esitava.

«Cosa c'è?» chiesi.

«Si tratta del suo... ehm... sedere.»

Controllai e in effetti c'era un pezzo di spago che spuntava leggermente. Entrai in azione. «Mi trovi un tavolo operatorio libero e coperto di carta di giornale», dissi in tono ufficiale a Trent.

«Sissignore», esclamò mio figlio, sorridendomi e facendo l'occhiolino.

Mi condusse in sala da pranzo, dove sgombrò il tavolino da caffè ricoprendolo di fogli di giornale. Mi aiutò a tenere fermo Socky, che sembrava gradire tutte quelle attenzioni, mentre conducevo un esame completo.

Eddie si unì per curiosità e le ragazze si chinarono a coccolare il gatto per confortarlo.

Usai un tovagliolo per afferrare lo spago e tirai. Estrassi una corda di una trentina di centimetri, poi il gatto riuscì a dimenarsi e a fuggire.

«Voilà. L'intervento è perfettamente riuscito», dissi alle ragazze sollevando il cordino.

«Smettila di fare il bambino davanti al nostro ospite», esclamò Mary Catherine entrando in quel momento nella stanza. «Mi chiedevo proprio dove avesse trascorso la notte, questo spago sporcaccione», continuò poi vedendo cosa tenevo in mano.

«Spero tu non abbia più intenzione di utilizzarlo», le risposi con un sorrisetto. Fui ricompensato da una grandinata di risate da parte delle ragazze.

Rise anche padre Alonzo. «Sei un uomo fortunato a diffondere così tanta gioia.»

Sorrisi. Aveva ragione.

Mentre la cena cuoceva e i bambini sgombravano la tavola dai compiti, raggiunsi Seamus e Alonzo sul balcone. Sorseggiavano entrambi un bicchiere di vino e Seamus ne diede uno anche a me. Accettai e lo avvicinai al naso, con la speranza che non si trattasse del mio Pinot Noir Talisman Weir Vineyard. Sessanta dollari alla bottiglia sono tanti da sborsare per un poliziotto, quindi lo tenevo in serbo per un'occasione speciale.

Alonzo intuì qualcosa dalla mia espressione. « Spero ti piaccia il vino. L'ho preso dalla cassetta per le comunioni alla Holy Name. »

Lo fissai per un attimo, senza parole.

« Scusa, una battuta stupida. L'abbiamo preso al negozio di liquori in fondo alla strada. »

Non ero abituato ai preti con il senso dell'umorismo.

Chiacchierammo ancora per qualche minuto. Alonzo si complimentò con me per quanto fossero beneducati i ragazzi. È difficile non farsi piacere qualcuno che fa dei complimenti ai tuoi figli.

Provai a capire qualcosa in più del suo passato. Era cresciuto a Bogotá e aveva studiato a Città del Messico.

« Avevo una vita abbastanza piena quando Dio mi ha riportato sulla strada maestra. Sto provando a utilizzare tutta quell'esperienza in un modo differente, per dialogare con persone di tutti i generi. »

« Che cosa ti ha spinto a prendere i voti? »

Ma Seamus intervenne. « Michael, ragazzo mio, non facciamo questo genere di domande a chi si unisce a noi. Nessuno mi chiede del mio bar, ad esempio. »

« Nessuno lo saprebbe, d'altronde, se tu non ne parlassi continuamente. »

Prima che lui potesse ribattere in modo sarcastico, Juliana entrò. « Mary Catherine dice che sarà pronto tra dieci minuti. »

Padre Alonzo la ringraziò e provò a fare due chiacchiere con lei. « Hai già un'idea di dove andrai al college? »

Lei evitò di guardare verso di me mentre rispondeva. « Ho un sacco di possibilità. Inizierò a pensarci verso Natale. » Fece dietrofront e uscì dalla stanza prima che io potessi commentare.

Alonzo tentò di nuovo e si rivolse a me. « Allora, avete deciso la data, tu e Mary Catherine? »

Abbassai gli occhi a guardare le piastrelle e mi limitai a scuotere la testa. « Ti sei mai sposato, Alonzo? Cioè, prima di sposare la Chiesa? »

« Ero fidanzato, una volta. »

« Com'è andata? »

« Come al solito. Chi lo sa? Ci sono migliaia di risposte possibili. Quella più facile è che si è innamorata di un altro. Un uomo che le dava quello che io non ero in grado di darle. Ma ora ho la Chiesa. »

« E hai me », intervenne Seamus assestandogli una pacca sulla spalla.

Alonzo sorrise. « Alleluia. »

Erano mesi che non ridevo così.

30

Il giorno dopo in ufficio non persi tempo e mi diressi subito da Harry Grissom per riferirgli le mie deduzioni sulla serie di omicidi che avevo esaminato. Non c'entravano con le solite liti tra spacciatori o con le consuete rapine nei negozi. C'era uno schema, solo che non avevo ancora capito quale. Avevo bisogno di continuare a scavare e volevo la benedizione di Grissom per iniziare a frugare anche tra i vecchi casi.

Mi spinse nell'angolo vicino alla finestra, dove nessun altro della squadra avrebbe potuto sentirci. Mi guardò da sotto le sue palpebre cadenti. «Che cos'hai?»

Conoscevo quel vecchio poliziotto da troppo tempo per non ravvisare un invito ad andare subito al punto. «Penso che l'agguato faccia parte di qualcosa di più grande, una guerra per il comando sul traffico di droga. Non so perché qualcuno volesse morti proprio me e Antrole, ma il modo in cui è stato ammazzato il nostro sospettato e la soffiata che abbiamo ricevuto danno l'impressione di un piano premeditato.»

Grissom si limitò ad annuire.

«C'entrano anche gli omicidi di due cittadini canadesi, commessi qui in città la settimana scorsa. Entrambe le vittime hanno precedenti per droga ed erano notoriamente in contatto con la mafia di quelle parti. Un paio di fonti mi hanno confermato che i canadesi sono in rotta con un cartello messicano per il controllo sul mercato delle droghe sintetiche.»

Il tenente mi interruppe. «Mi stai dicendo che è in corso una guerra per la droga che coinvolge dei canadesi?»

«Sì, è proprio quello che ti sto dicendo.»

«Sarà sicuramente una delle guerre più tranquille e educate della storia.» Tacque un momento mentre rifletteva. «Puoi andare avanti con l'incarico, prova a vedere se trovi lo schema dietro questi omicidi. Ma non voglio che te ne esca con folli teorie del complotto. Sai bene quanto me che la maggior parte dei delitti di New York è connessa in qualche modo alla droga. Anch'io voglio a tutti i costi trovare chi ha ucciso Antrole, ma non voglio vederti sollevare un polverone tale da costringere qualcuno a fare domande sul tuo lavoro. È chiaro?»

«Cristallino.»

«Quindi vai avanti. Se trovi qualcosa di concreto sulla morte di Antrole, tutti felici. Se non lo trovi, avrò sprecato il mio detective migliore su un incarico senza senso. Mi hanno accusato di cose peggiori.»

Guardai Grissom tornare nel suo ufficio. Mi chiedevo spesso se fosse consapevole di saper spingere gli altri a dare il meglio di sé. Mi sentii improvvisamente pieno di energie. Avevo bisogno di mettere ordine tra le piste e finalmente avevo la sensazione di riuscire a combinare qualcosa.

È così che un poliziotto dovrebbe sempre sentirsi.

31

Alex si godette parecchio quella cavalcata dal ranch fino a Bogotá. Lei e le ragazze cantarono e giocarono a Indovina l'animale. Era il gioco preferito di Gabriela, che adorava gli animali, e consisteva in venti domande a cui si poteva rispondere solo sì o no. La sorella maggiore le voleva bene e sceglieva sempre animali che Gabby fosse in grado di indovinare.

La madre di Alex tentò di farla sentire in colpa per essere stata via così a lungo, ma lei riuscì a resistere all'impulso di rinfacciarle che lavorava tanto per mantenere tutti, compresi lei e il suo confortevole appartamento in periferia.

La visita però era solo una copertura per il vero scopo della giornata. Alex lasciò le bimbe a casa della madre e guidò fino ad Alcalá Park, tra l'autostrada e la Statale 19.

Era un parco tranquillo, con un numero di alberi sufficiente a permettere di trovare facilmente un angolino all'ombra dove sedersi. E non era troppo frequentato durante la settimana.

Entrò nel parco e vide subito l'uomo con cui doveva parlare, seduto sulla panchina più lontana dal parcheggio. Camminò verso di lui con aria indifferente, in modo da non attirare l'attenzione e da non mostrare fretta. Il tizio aveva l'aria tronfia tipica degli uomini nella sua posizione.

Alex lo superò, sentendosi addosso il suo sguardo, e sedette all'estremità opposta della panchina. Rimase in silenzio.

Era un bell'uomo di circa trentacinque anni, affascinante e ben vestito, con un fisico asciutto. La camicia di Tommy Hilfiger che portava era un chiaro tentativo di apparire casual, ma il risultato era che sembrava uscito da una rivista di moda. Lei lo avrebbe scelto per un servizio fotografico su padri e figli.

« Ciao, Alex, è un piacere vederti. Ogni tanto dimentico che potresti fare la modella, oltre che la fotografa. »

« Che cosa ti porta fin qui da Città del Messico? » gli rispose lei dopo qualche secondo di silenzio.

« Affari. Sempre affari. Mi tocca visitare la vostra adorabile patria una decina di volte all'anno, finché i colombiani controllano il trasporto e la distribuzione dei nostri prodotti. »

Alex non riusciva a capire cosa passasse per la testa di Oscar. Sospettava che fosse irritato per il fatto che lei non aveva portato a termine tutto quello che doveva a New York. Ma non lo dava a vedere. Era un uomo molto ricco a cui ogni tanto piaceva sporcarsi le mani. Sapeva bene come nascondere le proprie emozioni.

« Alcuni dei canadesi sulla tua lista sono tornati a New York. E il detective Michael Bennett è ancora vivo. Il messaggio che ti ho mandato era chiaro. »

« Sì. E ho ben presente il mio dovere. Ma non è pericoloso per i vostri affari far uccidere un detective di New York? »

« Quella è una faccenda personale. »

« E cioè? »

«Che ti importa? Hai ricevuto in anticipo metà del compenso per farlo fuori. Vuoi una ragione per ricevere l'altra metà?»

Alex gli sorrise con circospezione. «Ero solo curiosa. Non sarà un lavoro facile da portare a termine. Bennett si è dimostrato pieno di risorse.»

Oscar annuì lentamente. «Non fraintendermi, sono d'accordo con te. Ma sono solo un ingranaggio di una macchina più grande. Faccio da collegamento tra te e molte altre persone. Però ho sentito dire da qualcuno degli affiliati che il detective Bennett ha sparato a un ragazzo in una biblioteca qualche tempo fa, uccidendolo.»

«Ogni tanto la polizia è costretta a farlo.»

«Ma questo ragazzo lavorava per noi. Sua madre è parente di qualche pezzo grosso del cartello. Pare che ci abbia chiesto di occuparci del poliziotto che ha sparato al suo Diego. Una vera e propria questione d'onore. Ma niente di tutto questo ti riguarda. Tutto quello di cui tu ti devi preoccupare è che Bennett muoia. Prima succede, meglio è.»

«Concordo. Tornerò a New York tra pochi giorni. Sono ancora in contatto con alcuni dei dominicani che ho assoldato per l'imboscata.»

«Secondo te sono abbastanza affidabili da servirtene di nuovo?»

«Hanno fatto schifo la prima volta ma hanno una reputazione da difendere. E in più sono sacrificabili. Per questo li pago così bene.»

«Divertente, esattamente le stesse cose che pensiamo noi di te», rispose Oscar strizzandole l'occhio.

32

Non ero particolarmente entusiasta del nuovo lavoro di Juliana. Sembrava lo usasse come una scusa per stare lontano dalla famiglia. Il nome d'arte era solo l'inizio. Passava molto meno tempo a casa e, quando c'era, apriva bocca raramente.

Feci un'altra capatina sul set a Brooklyn.

Un cameraman mi fece un cenno di saluto quando gli passai vicino. Nessuno mi aveva prestato attenzione la prima volta, ma era chiaro che ora tutti sapevano chi ero. Tenni su la giacca a coprire la pistola questa volta. Non c'era motivo di farmi detestare.

Scorsi una sedia con la scritta JULES BAEZ. Mi fece rabbrividire, ma non potevo farci nulla.

«Silenzio sul set!» urlarono. Qualcuno gridò qualcos'altro e poi sbatté un ciak con su scritta la scena che stavano girando. Era proprio come nei film. Mi emozionai un po' persino io.

Poi vidi la mia bambina insieme a un bel ragazzo alto. Due videocamere molto vicine filmavano quella che doveva essere una scena tenera. Ora che avevo constatato quanto fosse professionale la produzione, nonostante gli studi non fossero un granché, mi sentivo meglio.

Osservai Juliana e il ragazzo recitare una scena tranquilla, lui le raccontava che il suo sogno era arrivare a

Broadway. Era una serie che non avrei mai guardato se mia figlia non avesse fatto parte del cast.

La scena finì.

« Stop. Perfetta », gridò il regista.

Qualcun altro chiese a gran voce il cambio di scena e io rimasi fermo a guardare Juliana che veniva nella mia direzione accompagnata dal ragazzo alto.

« Ciao, papà », mi salutò abbracciandomi meccanicamente.

Presi un respiro profondo. « Eri fantastica là sopra, tesoro. »

Venni ricompensato con un sorriso smagliante. « Papà, lui è Cade. »

Il giovane tese la mano e mi diede una stretta decisa fissandomi negli occhi. « Piacere di conoscerla, signor Bennett. »

« Quindi conosci il vero cognome di Juliana. »

« Certo. Il mio vero nome è Carter Javits, ma qui sono Cade Jason. Cerco di farmi chiamare sempre così, ormai. »

« I tuoi genitori ne saranno entusiasti. »

Juliana tagliò corto. « Devo raccogliere la mia roba. Ci vediamo stasera », disse a Cade.

« Che succede stasera? » chiesi.

« Cade mi porta fuori a cena. » E poi si allontanò per recuperare la borsa e l'uniforme scolastica.

Approfittai del momento per conoscere meglio quel ragazzo. « È il tuo primo ruolo? »

« No. Ho ottenuto qualche particina qua e là dopo che mi sono laureato tre anni fa. »

« Dove ti sei laureato? »

«Alla Stony Brook University, in scienze della comunicazione.»

Da bravo padre feci in fretta i miei conti mentali. Doveva avere venticinque o ventisei anni. Feci il finto tonto. «Ti va di cenare con noi stasera, Carter? Cioè, Cade?»

Lo salvò Juliana. «Grazie, papà, ma abbiamo già altri programmi.»

E così venni a sapere che mia figlia era diventata grande.

33

Alex Martinez si imbarcò sul volo Avianca 244 diretto da Bogotá a New York. Era una rotta notoriamente controllata dalla DEA. Ma ora la droga attraversava il confine sui camion e i voli avevano perso attrattiva.

Prese una stanza in un bizzarro vecchio albergo che le piaceva molto, lo Skyline Hotel su West 49th Street. C'era qualcosa nell'atmosfera rétro del luogo che gli conferiva un certo fascino, e in più era dotato di una piscina coperta accettabile.

La mattina dopo si mise immediatamente alla ricerca del suo nuovo bersaglio.

Alicia Toussant era una bella donna canadese di mezza età, che finanziava molta della violenza di cui si serviva la mafia canadese per tenere in riga le persone. Era a New York per valutare i risultati ottenuti dall'organizzazione sul controllo del mercato delle droghe sintetiche.

Alex preferiva non accettare incarichi che riguardavano donne, ma credeva che una donna invischiata in qualcosa di così disgustoso come la droga facesse saltare tutte le regole.

Sapeva anche che, se fosse stata lei a essere sotto tiro per colpa del suo lavoro, nessuno avrebbe avuto pietà.

Le bastò una sorveglianza superficiale per accorgersi che la signora Toussant aveva una guardia del corpo, un uomo che si manteneva a una certa distanza e nascosto alla vista. Un comportamento da professionisti, studiato per non attirare l'attenzione su di lei.

Alex lo notò per la prima volta quando iniziò a seguire la canadese fuori dall'hotel. Apprezzava la scelta dell'Hotel Giraffe, che si affacciava su Park Avenue South e su 26th Street, perché era discreto ma vantava un buon ristorante e un'atmosfera confortevole.

L'uomo era vestito in stile casual, con una camicia lunga che probabilmente serviva a nascondere le armi. Era tra i quaranta e i cinquant'anni, leggermente sovrappeso. Non doveva incutere timore: era stato scelto perché era discreto e sapeva fare il suo lavoro. Alex non avrebbe dovuto correre nessun rischio quando fosse venuto il momento.

Conosceva bene sia l'hotel sia la zona circostante. Introdursi nella camera d'albergo della donna sarebbe stato troppo complicato, quindi doveva trovare un posto all'aperto, e non era una bella idea a New York.

Si tenne più indietro rispetto a quanto faceva di solito in modo da poter tenere d'occhio sia Alicia Toussant sia la guardia del corpo.

La canadese sembrava avere un programma pieno di appuntamenti. Era una stacanovista: Alex ne ammirava lo spirito. Furono tutti brevi colloqui con uomini bianchi o ispanici. Ad Alex non interessava il contenuto di quelle conversazioni, tanto entro sera qualunque accordo sarebbe stato nullo. Così funzionavano le cose nel mondo della droga.

Più tardi continuò a pedinarla mentre scendeva per Fifth Avenue. Ormai aveva talmente tante foto che avrebbe potuto compilare un'accurata biografia per immagini di quella donna. Era la base di qualsiasi lavoro, per lei.

La signora Toussant ebbe un solo contatto con la propria guardia del corpo. Uscì da una gioielleria con in mano qualcosa di piccolo e camminò dritta verso di lui per affidargli l'acquisto, che l'uomo si infilò nella tasca sinistra dei pantaloni.

Alex si accorse che il sole tramontava e le luci della città cominciavano lentamente ad accendersi. Il suo bersaglio invertì la rotta e si incamminò verso l'Hotel Giraffe.

Alex si avvicinò da dietro alla guardia del corpo. Aveva sia lo stiletto sia la 9mm nella borsetta di Vera Wang, comodamente a tracolla. Era prontissima.

Prima doveva occuparsi di lui.

34

Mentre tornava verso l'hotel, Alex formulò il piano nella propria mente. Era complicato perché i bersagli erano due, anche se lei veniva pagata per uno solo. Avrebbe preferito uccidere Alicia Toussant senza doversi occupare anche della guardia del corpo. Ma ammazzarlo era necessario per portare a termine l'incarico.

A un certo punto le si presentò una di quelle opportunità da cogliere al volo. Il bersaglio entrò in Madison Square Park. Si sedette su una panchina di cemento decorata e tirò fuori l'iPhone per rilassarsi un attimo. Sembrava che si sarebbe fermata lì per un po'.

Alex modificò immediatamente il suo piano e si portò alle spalle della guardia del corpo, che si era posizionata in piedi accanto al muretto in fondo al prato, vicino a un'elaborata fontana di pietra.

Alex si guardò attorno e si accorse che il parco era relativamente tranquillo. L'uomo fissava lontano, in direzione del Flatiron Building, anche se ogni tanto riabbassava gli occhi sulla donna che lo pagava. Sembrava un guardone tra i cespugli, ma in realtà era un professionista e credeva di avere il controllo totale dell'area.

Fu questo il suo errore.

Non si accorse neanche di Alex alle sue spalle, con lo stiletto in pugno.

Soltanto quando lei gli fu vicinissima si girò, offrendole così il punto perfetto. Alex gli conficcò lo stiletto dritto sotto la mascella; la lama affilata si aprì un varco nella bocca, nelle cavità nasali e alla fine arrivò al cervello.

Alex avrebbe definito «confusa» l'espressione dell'uomo. Si vedeva che non capiva cosa fosse successo o perché non riuscisse a muoversi. Gli occhi la misero a fuoco per un attimo e lui provò a gorgogliare una domanda.

Alex lo cinse con un braccio e lo adagiò piano per terra. Ormai era solo un manichino fatto di carne e ossa. Appoggiato al muro e circondato dai cespugli, era praticamente invisibile.

Lo perquisì e gli trovò una Browning 9mm alla cintura. La fece scivolare nella borsetta.

Stava per terminare la perquisizione quando arrivò con le dita alla tasca dei pantaloni e trovò la scatolina che gli aveva affidato il capo, Alicia.

La aprì e vide un paio di bellissimi orecchini pendenti, di diamanti da almeno due carati. Erano notevoli. Per un secondo, Alex desiderò essere una ladra anziché un'assassina. Poi rimise gli orecchini nella tasca dell'uomo.

Quando si alzò e guardò oltre il muretto vide che la signora Toussant era sempre seduta davanti alla fontana.

Forse non sarebbe stato così difficile come aveva temuto.

35

Alex si comportò educatamente e lasciò che il suo bersaglio terminasse la telefonata. Quando la donna rimise l'iPhone in borsa, si avvicinò con calma e andò a sedersi sulla stessa panchina.

« Buongiorno, signora Toussant. »

Ebbe la sua completa attenzione. La donna voltò il viso piacente, incorniciato dai capelli castani, e si concentrò su Alex. « Ci conosciamo, cara? » Parlava con un lieve accento francese.

« No. Non sono il genere di persona con cui fai affari. »

« Ma lavori sicuramente per qualcuno. E non sei qui per due chiacchiere tra amiche. » La donna spostò lo sguardo sopra la spalla di Alex, in direzione del muro, alla ricerca della guardia del corpo.

Alex tirò fuori lentamente dalla borsetta la 9mm. « Se aspetti che il proprietario di questa venga a salvarti, ho una sorpresa per te. »

La signora Toussant mantenne la calma. « Hai intenzione di spararmi? Nessun avvertimento o nessun tentativo di estorcermi informazioni? »

« Purtroppo no. » Prima che Alex potesse aggiungere altro, la canadese sollevò la mano e con un colpo le fece saltare via la pistola, poi con il gomito le centrò in pieno il mento. Alex perse l'equilibrio e quasi cadde dalla panchina. Mentre scivolava riuscì a contorcersi e a ritrovarsi accovacciata, pronta a fronteggiare l'avversaria.

Lei sollevò il ginocchio proprio mentre Alex si rialzava. Alex lo schivò con abilità e il ginocchio le sfiorò soltanto la tempia. Aveva sottovalutato il suo bersaglio.

La signora Toussant non perse tempo a caricare un altro calcio, tirò fuori un rasoio da chissà dove e glielo puntò al viso.

Alex saltò all'indietro, ma sentì la lama che le mancava il naso di pochi millimetri. Se l'avesse preso, l'avrebbe tagliato a metà senza difficoltà. Tentò disperatamente di riacquistare l'equilibrio prima che l'altra riuscisse a sfigurarla. O peggio.

Una sirena della polizia in lontananza le fece distrarre entrambe per un secondo.

Non appena Alex capì che era ad almeno un isolato di distanza, si voltò e recuperò la pistola. Tirò il grilletto mentre il suo bersaglio avanzava verso di lei impugnando il rasoio. Lo sparo, privo di silenziatore, risuonò come una cannonata. Ma l'eco avrebbe reso difficile capire la direzione da cui era venuto il rumore.

Il proiettile la centrò proprio alla radice del naso. La donna cadde ai piedi di Alex.

Prima di perquisire il cadavere, immobile sul duro cemento ai piedi della fontana, Alex controllò che nessuno stesse accorrendo nella loro direzione.

Solo a quel punto si dedicò al corpo, e non appena ebbe finito si allontanò velocemente. Le poche persone che passeggiavano nel parco non la degnarono di alcuna attenzione.

Alex attraversò Broadway, lo sguardo dritto davanti a

sé mentre oltrepassava il Flatiron Building e proseguiva oltre. Girò a destra su 21st Street. Si guardò attorno velocemente, poi tirò fuori la Browning con cui aveva eliminato l'obiettivo e la gettò nel cassone di un camion della spazzatura fermo, subito prima che ripartisse.

Ringraziò Dio per l'esistenza delle coincidenze fortunate.

Controllò la respirazione e si assicurò che la mascella fosse integra. Faceva male ma non era rotta.

Se non altro, la presenza di due cadaveri sulla scena del crimine, uccisi in modi differenti, avrebbe disorientato un po' la polizia. Pensò ai detective che avrebbero dovuto districare la matassa e sorrise.

36

Alla fine giunsi alla conclusione che, se volevo comprendere meglio gli omicidi associati al traffico di droga, dovevo studiare come funzionava il commercio degli stupefacenti. Il mio contatto più affidabile alla Narcotici era un sergente che lavorava proprio nel mio stesso edificio.

Il sergente Tim Marcia aveva qualche anno più di me, e si capiva subito che era un poliziotto. Era alto un metro e ottantacinque, muscoloso, e portava gli stessi baffi dagli anni Novanta. Era il tiratore migliore che conoscessi ed era al corrente delle dinamiche del mondo della droga più di chiunque altro.

Mi sedetti sul sedile del passeggero della sua Range Rover sotto sequestro. La Narcotici usava spesso le auto sequestrate agli spacciatori, sia per la sorveglianza sia per le operazioni sotto copertura.

Guidammo fino al Bronx per parlare con un paio di suoi informatori. Li trattava più come un fratello maggiore, o come un mentore, che come un poliziotto. Era un modo di fare che mi piaceva.

Vicino allo Yankee Stadium rimasi seduto nella Range Rover mentre lui, fuori dal SUV, chiacchierava con un giovane portoricano.

«Sicuro che sia tutto? Non hai sentito nient'altro in giro?»

«No, niente», mormorò il ragazzo magro scuotendo la testa.

Il sergente gli diede un buffetto sulla nuca. «Non fare tardi a lezione. E non far preoccupare tua madre stasera. A casa prima delle dieci.»

Il ragazzo sorrise e salutò mentre si allontanava.

«Di solito non funziona così nei film», dissi al sergente Marcia dopo che fu rientrato nell'auto.

«Ognuno ha il suo stile. Io non sono Papà Doyle nel *Braccio violento della legge*. Preferisco dare una raddrizzata a una manciata di vite mentre lavoro ai miei casi che gestire una maxi operazione e buttare all'aria un intero quartiere.»

«Non potrei essere più d'accordo. Cosa aveva da raccontarti il tuo giovane amico?»

«Dice che deve essere successo qualcosa nel giro della droga. Facevano tutti fortuna vendendo ecstasy e metanfetamine, e ora sono tornati a vendere erba e coca. La mia fonte sostiene che alcuni canadesi hanno immesso troppa metanfetamina sul mercato, quindi il cartello messicano ha imposto ai suoi di starne alla larga.»

«Sembra che le notizie arrivate a mio figlio Brian fossero fondate.» Ero felice di poter vedere Brian due volte alla settimana in ospedale, anche se quello non era certo il modo che avrei scelto per stargli vicino.

«Non mi piace ammettere che uno stronzo della Omicidi sia arrivato con la spiegazione di quello che sta succedendo nel mio mondo. È imbarazzante.»

«Se mi aiuterai a trovare quest'assassino non lo dirò ad anima viva.»

Marcia rise. «Siamo amici di vecchia data. Conosco

tutti i tuoi scheletri nell'armadio, non lo dirai a nessuno in qualunque caso.»

«E mi aiuterai lo stesso?»

«Il fatto che tu debba chiedermelo mi offende profondamente. Risolveremo il caso, e scriverò sul rapporto che abbiamo avuto le prime informazioni da Brian. Forse servirà a dimostrare alla corte che ha collaborato. Chissà? Magari possiamo dare una sforbiciata a quella sentenza folle.»

Era un vero amico.

«Quello delle droghe sintetiche è un giro che non conosco bene. Mentre so tutto di eroina e cocaina, posso dirti esattamente come si comporta sia chi le spaccia sia chi le assume. Ma le droghe sintetiche, come l'ecstasy, hanno prodotto un nuovo tipo di spacciatori, oltre ad avere effetti molto diversi sulle persone. Sapevo che i canadesi erano coinvolti, ma hanno la tendenza a muoversi con discrezione e non abbiamo mai arrestato nessun pezzo grosso.

«È solo una questione di terminologia quando si parla di droghe. La gente non smetterà di assumerle, che si tratti di pillole regolarmente prescritte o di eroina comprata da uno spacciatore. Ogni tanto penso che dovremmo semplicemente legalizzarle tutte quante e accettare le conseguenze.»

«E quali sarebbero le conseguenze?»

«Un aumento delle morti per overdose. Una percentuale molto più alta di popolazione che non dà un contributo alla società. Una manciata di spacciatori in cerca di nuovi crimini da commettere, visto che il governo gli ha rubato il lavoro. Chi lo sa cosa potrebbe accadere? Non mi piace pensarci.»

Ascoltando il sergente mi tornò in mente un veterano che avevo conosciuto a Vice e che amava raccontare di come gli olandesi si occupano del crimine. «Avevano dei problemi con la prostituzione, e l'hanno legalizzata. Poi avevano dei problemi con le droghe, e hanno legalizzato anche quelle. Speriamo non abbiamo mai un problema con gli omicidi.»

37

Dopo la prima giornata passata a pedinare Michael Bennett, Alex giunse alla conclusione che era un uomo molto indaffarato. Tra il lavoro e la famiglia numerosa si chiedeva quando riuscisse a dormire. Avrebbe dovuto prenderlo di sorpresa per servirsi dello stiletto, perché era in forma e aveva l'aria di essere un duro. Quindi la pistola era la strada più sicura.

Per questo aveva accettato di incontrare i due dominicani in un White Castle su Webster Avenue, nel Bronx. Avrebbe preferito di gran lunga uno Starbucks affollato a Midtown, ma quelli volevano incontrarla nel loro territorio.

Alex sorseggiava un caffè mentre i due uomini divoravano un piatto pieno zeppo di minuscoli hamburger. Parlavano in spagnolo, cosa che in quel quartiere non impediva agli altri di ascoltare. Il loro accento dominicano era un po' ostico per Alex, ma lei spiegò con chiarezza chi fosse il bersaglio e dove avrebbero dovuto intercettarlo. «Solo voi due», ordinò poi. «Meno siete, meglio è.»

«Abbiamo bisogno di un autista, quindi ci sarà mio cugino Julio», obiettò il più vecchio e grasso dei due. Aveva le braccia ricoperte di tatuaggi. «Però...»

Alex stava perdendo la pazienza. «Però cosa? Che c'è adesso?»

«Ammazzare un poliziotto è una cosa seria. Abbiamo accettato l'incarico, ma adesso c'è un secondo poliziotto. La situazione scotta.»

«Dite di essere i più duri della città. Dite che i vostri uomini morirebbero, piuttosto che non portare a termine un lavoro e perdere l'onore. Vi ho anticipato un sacco di soldi.»

«E infatti abbiamo tre morti.»

«Non è un mio problema. È il motivo per cui vi ho appaltato il lavoro.»

«E Cesar che è stato ammazzato in ospedale? Sei stata tu, per non farlo parlare?»

«Ridatemi i soldi», sbottò Alex.

«Cosa? Mica me li porto in giro.»

«Se non volete rimborsarmi, allora fate quello per cui siete stati pagati. Oppure farò in modo che nessuno voglia più lavorare con voi. È questo che volete?»

Il più giovane cominciò a dire qualcosa. Gli pulsava una vena sulla fronte. Ma il compagno tatuato lo fermò appoggiandogli una mano sul petto.

«Va bene. E quando avremo finito ci darai il resto. Poi saremo a posto, almeno per quanto riguarda i soldi.»

«Cosa intendi?»

«Abbiamo delle domande, dopo che ci avrai pagati.»

«Dopo che avrò portato a termine il mio incarico e voi avrete fatto quello per cui vi pago, parleremo quanto vorrete.»

L'uomo prese un hamburger e se lo fece sparire in bocca. Lo mandò giù con un lungo sorso di soda. Poi guardò Alex. «Hai a disposizione me, Laszlo e mio cugino Julio, quando vuoi.»

Alex osservò l'altro dominicano, Laszlo. Era il classico tipo scontroso e umorale che talvolta rende il lavoro un inferno. Sperò che l'amico, più vecchio e più saggio, riuscisse a tenerlo in riga.

38

Alex passò il resto del pomeriggio dopo l'incontro con i dominicani a raccogliere altre informazioni su Bennett. Seguendolo mentre andava a far visita al nonno, che scoprì essere un prete, ebbe modo di scattare foto alla chiesa dove operava nel quartiere in cui Bennett viveva. Adorava l'architettura delle chiese e si godette la possibilità di mischiare lavoro e piacere.

Sul tardi, stanca di aspettare che uscisse, entrò a Central Park. Vide un poliziotto in sella a un cavallo che la teneva d'occhio, poi fu distratta da un gruppo di turisti anche loro a cavallo. Cavalli ovunque nel bel mezzo di Central Park!

Alex pensò che Clemency e Gabriela cavalcavano meglio di quegli adulti. Si inginocchiò e scattò velocemente qualche foto al gruppo, con il sole che brillava tra gli alberi. Era una visione incantevole.

Poi sentì una voce maschile. «È una spia o semplicemente un'amante dei cavalli?»

La voce la fece trasalire, e lei si girò rapidamente mentre si rimetteva in piedi. Fissò l'uomo per un momento. Era il poliziotto a cavallo. I placidi occhi dell'animale erano talmente vicini che poteva riflettercisi.

«Mi scusi?» disse Alex.

«Le ho chiesto se è una spia o una semplice amante dei cavalli.»

«Entrambe.» Odiava mentire.

È difficile per un uomo non risultare sexy in sella a un cavallo, e per di più questo aveva spalle larghe e mascella squadrata. Sembrava uscito da una locandina per il reclutamento. Le sorrise, sfoggiando una dentatura perfetta e immacolata.

Alex si accorse di essere arrossita leggermente. Le piaceva il modo in cui la guardava negli occhi: dimostrava che aveva ricevuto una buona educazione.

Gli si avvicinò e prese ad accarezzare il collo del cavallo. «Come si chiama?»

«Traveller.»

«Proprio come il cavallo di Robert E. Lee.»

Il poliziotto la fissò con interesse. «Esatto. Non lo sa quasi nessuno.»

«Chi si intende di cavalli lo sa.»

«Lo sanno gli esperti di cavalli e i matti nostalgici della Guerra Civile.»

Alex seguì un impulso improvviso. «Dove posso noleggiare un cavallo qui?» chiese.

«Sa cavalcare?»

«Ho passato la vita in groppa ai cavalli.»

«E cosa mangiano i cavalli da corsa?»

Alex sorrise. «Questa è vecchissima. Fast food, ovviamente.»

«Va bene, e uno. Che cosa si mette in bocca al cavallo?»

«Il morso.» Tentava di avere l'aria offesa, ma quell'uomo era adorabile.

«Infine, la domanda più importante. Vuole uscire con me?»

Lei non poté fare a meno di ridere. « Vediamo come va la cavalcata. »

« Mi pare giusto. »

All'improvviso era migliorata non solo la giornata, ma l'intero viaggio.

Il nome del poliziotto era Tom McLaughlin, per gli amici T-Mac. Era cresciuto a Quantico, in Virginia, dove il padre era di stanza nei Marine. Era lì che aveva sviluppato l'amore per l'equitazione.

Alex non riusciva a ricordare quand'era stata l'ultima volta che si era divertita così tanto sul lavoro. Cavalcavano per il parco mentre il tempo passava.

« È stato difficile farsi assegnare a un'unità a cavallo? »

« Non indovineresti mai quante domande arrivano alla Mounted Unit, la mia unità. In questo momento però abbiamo solo cinquantacinque cavalli. Andiamo su e giù per la città, a fare pr e in occasioni particolari a controllare la folla. E pattugliamo il parco. Lo adoro, tranne per il fatto che non ho mai un weekend libero. »

Aveva un modo di esprimersi semplice e diretto, che Alex trovava interessante.

Quando le chiese il numero di telefono Alex gli diede quello del cellulare usa e getta, sarebbe andato bene per la durata del suo soggiorno a New York. Sperava sarebbe stato lungo quanto bastava a rivedere il bel poliziotto.

« Rimarrò a New York soltanto per un'altra settimana, più o meno. Ma una buona cena mi farebbe piacere. La carne e i cavalli sono le mie due cose preferite. »

T-Mac le rivolse un sorriso smagliante. « Anche le mie. »

39

Alle nove di sera ricevetti una chiamata per un duplice omicidio scoperto nel Madison Square Park. Mary Catherine ormai sapeva bene che dovevo fare il mio dovere a qualunque ora del giorno o della notte. Mi raccomandò soltanto di non sforzarmi troppo, dal momento che ero ancora convalescente.

C'è una sorta di armonia divina nel fare il lavoro per cui sei stato addestrato e che conosci a menadito. Ero emozionato mentre salivo in auto e partivo verso sud. A quell'ora della sera raggiunsi la scena del crimine in un baleno.

Ogni tanto mi dimentico del continuo ricambio di personale che caratterizza l'NYPD. Non riconobbi un solo volto tra quelli dei giovani agenti impegnati a sorvegliare il perimetro della scena. Il posto era nella parte più bassa del parco, vicino a una massiccia fontana di pietra. Avevo con me il tesserino della polizia e portavo un distintivo appeso al collo. Non indossavo la giacca, quindi era ben visibile anche il secondo distintivo, accanto alla pistola.

Avvicinandomi vidi subito la persona che cercavo. Cassie Max era in ginocchio a esaminare dei cespugli e un muretto, con una sciarpa sui corti capelli neri. Era concentrata su quel lato della fontana.

Mi vide, mi sorrise e si rialzò. «Un detective esperto al lavoro sul campo dopo il tramonto è un buon segno.»

«Quando ero giovane io, la parola 'esperto' stava per 'vecchio'», le risposi.

«E le cose non sono cambiate», ribatté lei con un sorriso da cui trasparivano senso dell'umorismo e intelligenza. «Ti ho chiamato subito non appena ho scoperto che la vittima era canadese e che era sospettata di fare parte della mafia. Ho capito che l'avresti trovato interessante.»

«Sembra che ti tocchino sempre omicidi nei parchi.»

«Sono posti molto comodi dove uccidere qualcuno.»

«E la seconda vittima? Sempre canadese?»

«No, un delinquente locale di nome Anthony Chichee. Qualche arresto per aggressione e sospetto in due casi di omicidio. Aveva fama di essere un sicario, ma anche una guardia del corpo.»

«Cosa hai trovato finora?»

«Alla donna, Alicia Toussant, hanno sparato una sola volta proprio alla radice del naso. Il proiettile è rimasto dentro. La squadra del medico legale ha portato via entrambi i cadaveri una ventina di minuti fa, io ero qui a cercare di capire da che punto possono aver sparato. Lì c'è un bossolo.» Indicò il bordo di cemento.

«Dipende dall'arma che il killer ha utilizzato. Secondo me chi ha sparato si trovava a circa tre metri di distanza.»

«Credi sia lo stesso calibro del tuo omicidio di Bryant Park?»

«Anche quella era una 9mm, ma questo vale per milioni di casi. Se, come penso, il killer è un professionista, dubito che le striature sulle pallottole combaceranno.»

Osservai per qualche secondo la scena del crimine. L'esperienza mi ha insegnato che ogni tanto guardarsi intorno dà nuove idee.

«Nessuno è felice che ci sia una nuova guerra in corso per il territorio, ma qui qualcuno ce l'ha evidentemente con i canadesi, e le mie fonti confermano che si tratta di uno dei cartelli messicani», dissi alla fine.

«Lascio a te il quadro generale, a me interessa solo scovare l'assassino di oggi e di Bryant Park.»

«Anche alla seconda vittima hanno sparato?»

«No. È stato ucciso da vicino, credo prima di lei. Qualcuno gli ha conficcato una lama affilata dal mento su fino al cervello.»

Feci il collegamento in un istante, non avevo neanche bisogno di controllare sul database del VICAP. «Potrebbe trattarsi di uno stiletto?»

Lei ci pensò su per un attimo e poi annuì.

«Allora sono ancora più sicuro che questi omicidi siano collegati ai miei.»

40

Rimasi sulla scena del crimine con Cassie Max fin quasi a mezzanotte, senza più turbarla con le mie teorie. Aveva bisogno di concentrarsi sul suo caso. Risolvere un'indagine è tutto ciò che conta per un detective della Omicidi.

Nessun investigatore vuole far raffreddare un duplice omicidio. Vittima doppia significa il doppio delle piste da seguire. Il doppio della pressione della stampa. Che si aggiunge a quella, doppia, dei superiori.

Mi fidavo delle doti di Cassie e volevo collaborare con lei mentre continuavo a seguire anche la mia pista.

Il giorno dopo mi svegliai e arrivai in ufficio molto presto, poi verso mezzogiorno decisi di prendermi una pausa dalle montagne di rapporti che stavo esaminando e di andare a dare un'occhiata al nonno.

Entrai negli uffici della Holy Name e lo trovai alla scrivania, totalmente immobile, con la testa che pendeva di lato. Aveva la bocca aperta ma non russava.

Mi avvicinai lentamente mentre la paura montava. Accostai con attenzione il viso al suo, sperando di percepire il respiro.

Non riuscivo a capire, così mi avvicinai ancora di più, e all'improvviso l'occhio destro del nonno si spalancò.

« Che diavolo fai? » chiese, guardingo, con voce chiara e tono tagliente.

Fui colto di sorpresa e mi rialzai di colpo, tentando di fare finta di niente. Non volevo capisse che avevo paura di trovarlo morto alla scrivania, un giorno o l'altro.

« Sono passato a salutarti. »

« E ti comporti in maniera così furtiva con tutti quelli che passi a salutare? Dai, vai a trovare Alonzo sul campo da basket, lasciami finire il pisolino. »

Mi andava bene, così uscii sul retro ed entrai nella palestra della scuola. Era in corso una partita indiavolata e Alonzo urlava indicazioni e incitamenti dal fondo del campo. Quando mi vide affidò il fischietto e la direzione della gara a uno dei suoi assistenti.

« Come va, Michael? » gridò, salutandomi.

« Tutto bene. » Dovetti gridare anch'io per sovrastare il rumore del gioco nella palestra chiusa.

« Usciamo, così possiamo sentirci. »

Ci incamminammo fino al confine della proprietà della scuola, uscimmo da un cancello e finimmo sul marciapiede. Continuammo a camminare, sorpassando anche gli uffici, dove probabilmente mio nonno dormiva di nuovo della grossa.

« Ammiro molto la tua dedizione alla famiglia, nonostante il tuo lavoro sia pieno di responsabilità », mi confessò Alonzo. « Tuo nonno fa bene a essere orgoglioso di te. »

Il pensiero di Seamus che diceva in giro di essere orgoglioso di me mi fece molto piacere, anche se sapevo che non me l'avrebbe mai detto in faccia.

« Ammiro come ti prendi cura di lui », gli risposi. « Dio sa che non è proprio una persona facile. »

Sorrise. « Con lui ho un rapporto alla pari. La Chiesa

ha dato una svolta alla mia esistenza, e lui lo capisce meglio degli altri. Sei fortunato ad averlo avuto accanto per tutta la vita.»

Risi. «Non l'ho mai vista come una fortuna, ma l'ho avuto accanto ugualmente. Come dici tu, per tutta la vita.» *E grazie a Dio*, aggiunsi tra me.

41

Non ricordavo di aver mai sentito nessuno prima, alla Holy Name, parlare con così tanto entusiasmo di sport. Se si fosse potuta imbottigliare tutta quella carica positiva, probabilmente avremmo avuto una soluzione a molti dei problemi del mondo.

Arrivammo fino all'isolato successivo, poi, mentre ci voltavamo per tornare indietro, notai due uomini girare l'angolo e venire nella nostra direzione. Non c'era niente che sembrasse fuori posto. Nulla nell'atmosfera tranquilla attorno alla chiesa o nella brezza fresca che spirava poteva rappresentare una minaccia.

Ora i due uomini erano davanti a noi, a qualche metro di distanza sullo stesso marciapiede. Uno dei due, sui quarantacinque anni e con le braccia completamente tatuate, si infilò una mano sotto la camicia, e lo stesso fece il secondo, più giovane, alle sue spalle.

Riconobbi il classico gesto che si fa quando si estrae una pistola. Non riuscivo a capacitarmi di averli lasciati arrivare così vicini, non avevo avvertito il pericolo.

Ormai erano quasi di fronte a noi; non c'era abbastanza tempo per affrontarli entrambi. Era una scelta pericolosa da prendere in una frazione di secondo. La speranza era che, a sceglierne uno, l'altro se la sarebbe data a gambe.

Mi avventai su quello tatuato proprio nel momento in cui faceva spuntare un revolver 357. Gli bloccai velocemente il braccio, abbassai la spalla e lo colpii con tutto il mio peso.

Non so se l'abbia fatto apposta o sia stato solo un colpo di fortuna, ma proprio nello stesso istante l'uomo mosse la pistola, forse per prendere la mira. Il calcio dell'arma mi strisciò sulla tempia. Bastò a farmi vedere letteralmente le stelle, come in un cartone animato.

Ora li avevo addosso tutti e due. Uno di loro mi avrebbe colpito di nuovo, oppure sarebbe riuscito a spararmi. In entrambi i casi ero nella merda.

Ero stordito dalla botta alla testa e indietreggiavo tentando di guadagnare tempo. All'improvviso scorsi un movimento alla mia destra. Ci misi qualche secondo a riconoscere padre Alonzo che si lanciava nella mischia.

Aggredì il più giovane con un destro potente, facendogli cadere la pistola. L'uomo fu sbalzato contro un albero e ricadde sul marciapiede.

Quello tatuato, ancora davanti a me, si distrasse per un attimo. Mi buttai addosso a lui con tutto il mio peso e quello cadde sopra il corpo dell'amico.

Alonzo fece per avanzare ma lo avvertii. «Pistola!» È quello che ci urliamo tra poliziotti, quando si nota qualcuno con un'arma da fuoco. Alonzo reagì come se l'avessi schiaffeggiato: capì che l'uomo era armato e sfrecciò in un baleno in fondo al marciapiede.

Ora avevo la mente più lucida e riuscii a impugnare la pistola che portavo alla cintura. I due uomini si erano rialzati e stavano scappando verso l'incrocio. Dovevano aver stabilito che non era giornata.

Una Chevy verde girò l'angolo. Mi concentrai sull'uomo con la pistola.

Ma il guidatore aprì il fuoco con una mitragliatrice di piccolo calibro. Un proiettile rimbalzò su un'auto e mandò in frantumi un vetro alle mie spalle. Corsi a ripararmi dietro a una Lincoln parcheggiata. Alonzo riuscì a scavalcare il muro che delimitava il cortile in mezzo a due palazzi. Ero sbalordito dalla velocità con cui si muoveva, ma le mitragliate tendono a fare quell'effetto.

Mi assicurai velocemente che non ci fossero civili sulla linea di tiro. C'erano due donne che correvano sull'altro lato della strada e alcuni ragazzi che avevano capito che era il momento di buttarsi a terra. Si vedeva che erano esperti.

Sparai un colpo da dietro la Lincoln e la Chevy accelerò. Quando mi passò accanto con il guidatore che aveva riposto la mitragliatrice, uscii allo scoperto e feci fuoco altre due volte.

Vidi i due uomini abbassarsi sui sedili.

Potei solo rimanere a guardare la Chevy Cruze senza targa che fuggiva a tutto gas.

Avevo il fiatone, per lo sforzo e per l'agitazione, e la testa mi pulsava per la botta. Mi chiesi quanti colpi potevo sopportare prima di dovermi preoccupare di traumi irreparabili.

Poi mi accorsi che avevo ancora una possibilità, perché l'auto, avvicinandosi all'incrocio, aveva rallentato. Conoscevo il quartiere, e forse potevo ancora trovare il modo di vedere in faccia il guidatore. L'idea di spiegare a un altro detective che non avevo né una targa né una descrizione non mi piaceva.

Con uno sforzo immane mi alzai e stavo per iniziare a correre quando mi sentii trattenere per un braccio. Mi voltai di scatto e vidi padre Alonzo.

«Non fare l'idiota. Li prenderai in un altro momento.»

Guardai fisso quel prete che avevo visto abbattere una coppia di uomini armati e poi correre fulmineo al riparo come se fosse uno degli X-Men. «Chi sei?» Avevo la voce rauca per lo stordimento. Non assomigliava a nessuno dei preti che avevo conosciuto.

Il colombiano sorrise e si esibì in un inchino teatrale. «Alonzo Garcia, al vostro servizio.»

42

Fui interrogato a proposito dell'aggressione da un detective del distretto di nome Toby Reed e dal suo partner, Brian Wong, poi risposi anche alle domande di Harry Grissom e, alla fine di tutta la trafila, avevo le idee più chiare. Preferivo non sbandierare ai quattro venti la mia prossima mossa: meglio tenere come sempre le carte coperte. Così mi congedai dal tenente e dai due detective, impegnati ora a torchiare padre Alonzo, e mi diressi verso uno dei luoghi di New York che meno mi piacevano.

Andai verso la zona sud di Manhattan, oltre Little Italy. La sede dell'FBI si trovava in Federal Plaza, sull'angolo tra Broadway e Worth Street. Era un edificio imponente, di ferro e vetro, la tipica struttura federale progettata senza un briciolo di immaginazione. Era circondato da sottili lastre di metallo alte sessanta centimetri, piazzate lì per scoraggiare eventuali attacchi terroristici a bordo di un veicolo.

Fuori dall'edificio c'erano tre Suburban dell'NYPD cariche dei membri di una squadra SWAT, un'ulteriore misura di sicurezza. Erano lì ventiquattr'ore al giorno.

Volevo che la mia visita andasse liscia, quindi l'avevo anticipata con una telefonata. Non avevo mai fatto un favore a qualcuno per poi chiedere qualcosa in cambio. Ma questa volta dovevo almeno provarci.

Tre anni prima l'ex marito di Marion Wan aveva rapito il figlioletto di cinque anni, e lei aveva fatto esattamente quello che avrebbe fatto ogni agente dell'FBI con un po' di cervello: si era rivolta immediatamente all'NYPD. In quel momento, quando Marion era entrata quasi isterica, io ero lì per caso a chiacchierare con uno dei miei vecchi amici del Centocinquesimo Distretto. Aggirando abilmente l'iter burocratico avevo scoperto che l'ex marito, vigile del fuoco a New York, aveva fornito per le emergenze un indirizzo di Long Island. Quello della ragazza per cui aveva lasciato Marion.

Soltanto un'ora dopo il suo arrivo all'NYPD ebbi l'onore di assistere al commovente ricongiungimento con il figlio.

Ecco perché oggi aveva accettato di uscire e di venire con me al McDonald's di fronte. Dopo un caffè e i convenevoli, Marion si accorse delle mie occhiate ansiose ai suoi appunti.

Mi fece un sorriso d'intesa. «Okay, immagino tu voglia parlare del tuo migliore amico, Alonzo Garcia.»

«Tu scherzi, ma in questo momento è *davvero* il mio migliore amico. Quel figlio di buona donna mi ha salvato la vita. Ma l'ha fatto con troppa abilità, da esperto. Mi chiedo soltanto dove abbia imparato.»

Marion aprì il blocco degli appunti. «Ho fatto tutte le consuete ricerche, registri pubblici e banche dati dei media sia qui sia in Colombia. Nessun arresto, è qui con un visto di lavoro ottenuto tramite la Chiesa cattolica.»

«Ah. Non mi era neanche venuto in mente lo status da

immigrato. Probabilmente ho dato per scontata l'onnipotenza della Chiesa.»

«Ho fatto anche un paio di mosse meno consuete», riprese Marion. «Ho chiamato il nostro ufficio legale di Bogotá. L'FBI ha più di una decina di agenti laggiù, e uno dei veterani conosceva personalmente Garcia.»

«Hai tutta la mia attenzione.»

«L'agente conosce Alonzo perché era un capitano della polizia colombiana. All'inizio della carriera ha combattuto contro i ribelli delle FARC, quelli che alcuni chiamavano l'Esercito del Popolo. Poi si è occupato di droga. Ha collaborato a stretto contatto con la nostra DEA e ha una tonnellata di elogi.»

«E perché mai un tipo così finisce nelle braccia della Chiesa?»

«Era fidanzato. Erano la coppia d'oro della scena mondana di Bogotá. Poi lei l'ha scaricato per un pezzo grosso del cartello di Medellín. L'agente di Bogotá mi ha raccontato che Alonzo l'ha presa malissimo. È sparito dalla circolazione, e quando si è rifatto vivo un anno dopo era un prete. Pare che la Chiesa fosse preoccupata di possibili vendette, quindi l'hanno mandato all'estero.»

«Perciò è davvero addestrato in autodifesa e tattiche di combattimento.»

«È un duro certificato», convenne Marion.

Ridacchiai. «E mi ha salvato il culo.»

«Da quello che ho sentito non è la prima volta che salva il culo a qualcuno.»

«Grazie. Sono in debito.»

Marion allungò la mano e prese la mia, mentre scuoteva la testa. «No, e non saremo mai neanche pari. Io ti devo la vita. E stavolta non ho nemmeno dovuto violare il regolamento.»

Mi sentii avvampare quando si sporse sopra il tavolino e mi baciò su una guancia.

43

Parcheggiai davanti agli uffici della Holy Name. Per la prima volta nella vita non ero lì per parlare con il nonno o per vedere i miei figli. Ero lì per padre Alonzo, ex capitano della polizia colombiana, destinatario di innumerevoli encomi per il coraggio e per l'impegno sul lavoro.

Condussi Alonzo fuori, nello spazio tra la chiesa e la scuola, dove sapevo che avremmo avuto un po' di privacy. Il fischietto gli penzolava sopra il collare da prete.

« Ho fatto qualche ricerca, conosco la tua storia e so chi eri prima di prendere i voti », dissi non appena ci fummo seduti su una panchina di cemento.

« Non avevo intenzione di nascondermi, volevo semplicemente voltare pagina », rispose Alonzo. « Ma sono contento di essere stato presente per aiutarti al momento giusto. »

« Sì, era il momento perfetto e mi hai aiutato moltissimo. L'ho apprezzato. Ora mi serve qualche suggerimento su chi sto affrontando. Come li fermo, questi omicidi? »

« Vorrei poterti aiutare, Michael. Non è che voglia ignorare il problema, ma ho già visto troppe volte storie simili. Gli omicidi finiranno a contratto portato a termine. Potrei anche conoscere il killer, se era in attività a Bogotá quando ero in polizia. Ma il problema è che ci sono troppe possibilità. I cartelli addestrano ragazzini come sicari, oppure assoldano killer a pagamento. Hanno una vasta scelta di persone pagate per uccidere.»

Feci un grosso sospiro. Continuavo a sperare che conoscesse qualche dettaglio che mi fosse d'aiuto.

«So chi ha addestrato questo killer», riprese Alonzo.

«Come lo sai?»

«Molti dei killer sofisticati, intendo quelli che sono andati al college e poi magari si annoiavano a svolgere un lavoro ordinario o forse adoravano le sfide, o i soldi, si sono addestrati con un maestro di arti marziali del quartiere Chapinero a Bogotá. Era un istruttore di karate molto bravo, con tutte le carte in regola, e tutti quelli che volevano costruirsi una carriera come assassini si rivolgevano a lui. Era conosciuto solo come Sensei Don.

«Insegnava a utilizzare le lame, e soltanto per due colpi. Dritto al cervello oppure dritto al cuore. Io non mi sono mai allenato con lui, ma altri poliziotti sì. E anche il tuo killer.»

«Secondo te questo maestro parlerebbe con noi se andassimo da lui?»

«Purtroppo è morto qualche anno fa. Ma molti dei suoi discepoli sono ancora in giro.»

Ci pensai su. «Questo però non spiega né l'imboscata né gli uomini che ci hanno aggredito in strada. Non è stato un solo assassino. E non hanno usato lame.»

«Anche questa parte si inserisce nel profilo. Molti sicari colombiani si servono di delinquenti locali per alcuni colpi. Ha senso. Subappaltano parte del lavoro per una quota del loro compenso.»

«Comunque ora ho almeno un'idea del mio nemico.

Solo che non so chi sia, come ci riproverà, o come fermarlo. »

Alonzo rise. « Una situazione comune alla polizia di tutto il mondo. »

44

Sapevo che era il momento di portare l'indagine su un livello più alto. Harry Grissom ascoltò tutto quello che avevo da raccontargli e, considerato che qualcuno aveva tentato di spararmi davanti alla Holy Name, non pensò che stessi esagerando. *C'era* una cospirazione. Ma anch'io avevo la mia banda, grazie a cui l'avrei sventata.

Non impiegai molto a mettere insieme una task force di detective e agenti della Scientifica dell'NYPD che già avevano familiarità col caso. Ora avevo bisogno di informazioni.

Attraversai tutta la città fino all'ufficio del capo medico legale su East 26th Street, di fronte alla City University.

Parlai con l'assistente che si era occupato del duplice omicidio in Madison Square Park su cui indagava Cassie Max. Lavorava lì da più di dodici anni e già altre volte mi aveva fornito informazioni sugli omicidi, informazioni che non avrei trovato da nessun'altra parte.

«Ho fatto dei calcoli», mi disse, «e secondo me l'assassino è alto tra il metro settanta e il metro e ottanta, conosce un po' di anatomia e ha una discreta forza. Ho dato un'occhiata anche agli altri omicidi che mi hai mostrato, e posso dirti che la traiettoria dei proiettili conferma la mia stima della statura. Hai dell'altro?»

«Fondamentalmente, il killer è una persona abbastanza ricca da poter assoldare a sua volta qualcun altro, abbastanza in gamba da dare la caccia a un poliziotto e da commettere un duplice omicidio in un parco che si trova proprio al centro della città. Ha l'aria di un ottimo professionista anche per come ha messo fuori uso il sistema di sorveglianza o ha pedinato le vittime. Ho bisogno di tutto l'aiuto possibile.»

Il medico legale rise. «Se con te c'è Cassie Max hai già moltissimo aiuto. È una bomba. Sai come la chiamiamo?»

Scossi la testa.

«Terminator. Se ha un bersaglio non lo molla. E per di più non è neanche male da guardare.»

«Ti senti solo rinchiuso qui insieme ai morti?»

«Meglio questo che andarsene in giro per una città piena di gente antipatica e rumorosa. Mi sono laureato alla Johns Hopkins. Avrei potuto fare il pediatra a Baltimora se avessi voluto, ma preferisco la silenziosa e confortevole quiete dell'obitorio.»

«Non capisco mai se mi prendi in giro o se sei semplicemente pazzo», gli dissi.

«Le due cose si escludono?»

Scoppiai a ridere. «Hai qualche altra idea sul mio caso?»

«Ti ho già indicato la probabile statura del killer. Ti ho detto che abbiamo a che fare con un professionista, vista la precisione dei colpi, e di quelli brillanti, con una conoscenza dell'anatomia umana. Ma so anche che i detective come te e come Cassie non lasciano che roba come questa si volatilizzi. Mi aspetto di vedervi con questo stronzo in manette entro pochi giorni.»

Apprezzai la sua fiducia. Tentai di immaginarmi quanto sangue freddo dovesse avere il killer per servirsi di un'arma come quella, che ti obbliga ad avvicinarti il più possibile alla vittima per colpire con precisione.

Non avevo dimenticato che probabilmente nella morte dell'assassino di Antrole Martens era coinvolta una donna. Non si sapeva se fosse una killer del posto oppure se lavorasse direttamente per il cartello.

Quando mi capitava di imbattermi in un rompicapo di questa portata tendevo a zittire tutto il resto. E questa volta dovevo risolvere il rebus prima che il killer risolvesse il suo, cioè come liberarsi di me.

45

Alex Martinez camminava sorridendo su Park Avenue South. Arrivava da una cena piacevolissima in compagnia dell'agente a cavallo Tom McLaughlin. Era un uomo affascinante, dolce e di un anno e mezzo più giovane di lei. Non che fosse importante. Non era alla ricerca di qualcuno con cui crescere le figlie. Per ora non voleva neanche fargli sapere dove alloggiava. Era stato solo il primo appuntamento.

L'aveva portata a bere qualche drink in un locale sportivo chiamato Hill. Aveva una clientela un po' troppo giovane per i suoi gusti ma le piacque che lui le facesse conoscere un posto nuovo. Poi avevano fatto una passeggiata su Third Avenue fino a un localino italiano, il Bistango, dove lei si era sforzata di non divorare il piatto di vongole alla marinara con modi da camionista.

Dopo cena Tom aveva accettato con tranquillità la decisione di Alex di prendere un taxi e farsi portare in hotel. C'era stato un piccolo bacio della buonanotte, niente di passionale. Abbastanza comunque perché lei si chiedesse se aveva fatto la scelta giusta ad abbandonare quel bell'uomo appassionato di cavalli. Ma era meglio così.

Dopo averlo salutato decise alla fine di non chiamare un taxi e di tornare in albergo a piedi. Fu in quel momento che accadde. Si accorse di essere stata superficiale: c'era qualcuno che la seguiva, e di certo non era la polizia. Era una bella ragazza con i capelli corti e scuri, che portava una gonna che nessuna poliziotta avrebbe mai indossato neanche sotto copertura.

Ad Alex era già successo una volta. A Madrid, due anni prima, alcuni membri di una gang locale avevano preso a seguirla. Erano stati silenziosi, anche se nemmeno lontanamente quanto questa ragazza. A Madrid Alex aveva semplicemente continuato a camminare fino a trovare un poliziotto con cui mettersi a chiacchierare. Dopo venti minuti la gang si era stufata e si era allontanata.

C'era dell'ironia nel fatto che stavolta invece le chiacchiere con un poliziotto fossero giusto appena finite. E per di più qui lei non aveva idea di chi potesse volerla pedinare.

Elaborò comunque un piano. Prese verso est, in direzione del fiume. Non era lontana dalla sede delle Nazioni Unite. Dopo due isolati controllò, ma la donna era ancora dietro di lei.

Ad Alex non piaceva utilizzare la violenza se nessuno la pagava, soprattutto contro le donne. L'avrebbe fatto, se fosse stato necessario, ma non le piaceva l'idea di usare lo stiletto contro la ragazza, che intanto al telefono stava trasmettendo a qualcun altro i movimenti di Alex.

La condusse giù fino alla FDR Drive, poi trovò un punto in cui attraversare.

Da un lato aveva il fiume. Si focalizzò su quello che succedeva dietro di lei.

46

Alex era arrivata sulla riva dell'East River e non vedeva più la giovane che la stava seguendo. Questo però non significava che non fosse più in pericolo. Si sedette su una panchina e aspettò. Pochi minuti dopo vide arrivare due uomini.

Erano entrambi giovani. Uno doveva avere venticinque anni, leggermente in sovrappeso. L'altro era alto e magro, con lunghi capelli lisci.

Alex aveva bisogno di vederli più da vicino.

Estrasse l'iPhone dalla borsetta, assicurandosi che stiletto e pistola fossero facili da raggiungere. Fece finta di essere assorta a scrivere un messaggio, ma in realtà accese la fotocamera e tenne d'occhio i due che si avvicinavano.

Si guardò attorno per assicurarsi che non ci fossero testimoni nelle vicinanze. Fece anche in tempo ad ammirare l'East River e la quiete di quella zona in confronto al resto della città.

Quando furono più vicini Alex infilò con noncuranza la mano nella borsa e afferrò lo stiletto. Se lo appoggiò in grembo e represse un sorriso al pensiero di quegli uomini che stavano cadendo dritti nella sua trappola.

Il respiro cambiò, mentre il battito cardiaco aumentava. Era più eccitazione che paura. Erano questi i problemi che potevano presentarsi nella sua professione. Uno dei più grossi vantaggi che aveva era che gli uomini tendevano a sottovalutare una donna. Era una loro scelta, e lei faceva in modo che la rimpiangessero.

Ora che erano vicini riusciva a vedere che erano ispanici. Dominicani, secondo lei.

«Ciao, bellezza», le disse il più grosso in spagnolo. «Perché te ne stai seduta qui tutta sola in una notte così bella?»

«Sfortunatamente non sono da sola. Sono infastidita da una coppia di stronzi che si sono presentati senza invito», ribatté Alex.

Lui scoppiò in una risata. «Mostrameli e ti libereremo di loro.» Guardò l'amico più magro in cerca di sostegno.

Il ragazzo estrasse un lungo coltello da dietro la schiena. Il suo sorriso rivelava che per lui era un piacere terrorizzare una donna.

Alex si alzò velocemente e non appena fu in piedi premette il tasto per far scattare lo stiletto. Il suo movimento colse chiaramente entrambi gli uomini di sorpresa.

Indietreggiò quando il ragazzo con il coltello menò un fendente. Con tutto l'allenamento e l'esperienza che aveva, lo vide arrivare quasi al rallentatore. Ma i due facevano sul serio: volevano ucciderla, e miravano alla gola.

Era infuriata: che modo era di aggredire una persona, e per di più una donna? Fece due passi indietro, facendoli scontrare mentre tentavano di pugnalarla.

Si portò sul lato opposto della panchina. Aveva bisogno che fossero loro a venire da lei.

«Chiunque vi mandi, spero che non vi abbia pagati troppo. Sembrate dei novellini.»

Era un insulto e la cosa peggiore era che veniva da una

donna. Sapeva che sarebbe riuscita a provocarne almeno uno.

Fu il più grosso il primo a muoversi. Avanzò, sempre senza accorgersi che Alex aveva un'arma. Allungò la mano dietro la schiena come per estrarre una pistola. Lei non aspettò di scoprire se ce l'avesse veramente.

Alex fece un passo di lato e, con un movimento da ballerina, si alzò sulle punte, infilando lo stiletto dritto nel plesso solare dell'uomo, fino al cuore.

Seppe subito di aver centrato il bersaglio dal modo in cui lui si arrestò e gli occhi gli si annebbiarono. Era fuori combattimento.

Mentre lei si allontanava, sfilandogli lo stiletto dal petto, l'uomo si accartocciò e scivolò lungo il basso argine fin dentro l'East River. Non poteva andare meglio.

Alex non ebbe il tempo di fermarsi ad ammirare il proprio operato, perché dovette subito parare un affondo di coltello da parte dell'altro uomo. Era un colpo forte, ma le bastò girarsi di lato per fargli mancare completamente il bersaglio.

Afferrò il polso del ragazzo con la mano sinistra e gli colpì forte la fronte con il manico dello stiletto.

Lo prese in pieno e lui cadde a terra, perdendo conoscenza. «Ti auguro una bella dormita, ne avrai bisogno.»

47

Ero seduto sul divano e cercavo di nascondere a Mary Catherine e a Juliana la mia stanchezza. Mi stavo riprendendo bene, ma alla fine di quelle lunghe giornate ero a pezzi.

Non volevo parlare alla mia famiglia di quello che era successo, perché amavo le serate casalinghe con i bambini. Aiutarli con i progetti scolastici, discutere di sport, ascoltare i loro sogni e le loro speranze. Erano momenti magici. Di solito.

Quella sera, però, con Juliana stavo facendo una conversazione seria. So bene che la legge considera una diciottenne di New York maggiorenne e in grado di compiere le proprie scelte. Ma un genitore la pensa diversamente. Non sono un ingenuo. Non si può sempre essere il papà divertente, quello che fa le battute. Era uno di quei momenti.

« Non conosci neanche Cade », protestava Juliana.

« Parli di Carter? »

« Parlo dell'uomo con cui esco. »

Quella risposta mi bruciò un po'. Non mi piaceva pensare agli appuntamenti delle mie figlie. Ma dovevo essere realistico. Era una ragazza splendida, e ora sarebbe anche apparsa in tv. Dovevo soppesare le parole.

«Parli dell'uomo di ventisei anni con cui esci.» Un po' troppo diretto, visto il mio proposito di stare attento.

«Sono un'adulta, non importa quanti anni ha.»

A quel punto si intromise Mary Catherine. «Così non andiamo da nessuna parte. Facciamo una pausa e riprendiamo la discussione domani.»

«Va bene», convenne Juliana. Si precipitò fuori dalla stanza, lasciandomi turbato.

Guardai Mary Catherine e scossi la testa.

Lei mi mise un braccio attorno alle spalle. «Ha ragione. *È* adulta. Forse sarebbe meglio lasciarle il suo spazio e non metterla troppo sotto pressione.»

«Il fatto è che non mi piace vedere i miei figli commettere errori. Tento di salvarli dalle cose che ho vissuto io.»

«Ma tutti facciamo degli errori. Un uomo della tua età dovrebbe saperlo.»

Riuscì a farmi sorridere. Solo per un attimo. Mary Catherine aveva assolutamente ragione, ma ero sempre un padre preoccupato per sua figlia.

«C'è qualcosa che mi sfugge?» mi incalzò Mary Catherine. «Stai forse delimitando il perimetro anche per le altre figlie, quando inizieranno a uscire con i ragazzi?»

«È che non voglio commettere gli stessi errori che ho fatto con Brian.» Mi presi la testa tra le mani.

«Quali errori? Sei un padre fantastico. Hai fatto tutto quello che potevi per Brian. Ogni tanto le persone fanno da sole delle scelte sbagliate. Compiono degli errori. Si spera che poi imparino e vadano avanti. Penso che sia questa la posizione che dovresti assumere con Juliana.»

«Lo so. Ha senso. Stavo solo considerando le altre opzioni.»

« Ovvero? »

« Far arrestare il ragazzo da uno dei miei e chiuderlo per qualche mese a Rikers Island. Si può fare? »

Mary Catherine ridacchiò e mi abbracciò. Forse, dopo tutto, le cose avrebbero funzionato se avessi dato loro una chance.

48

Alex si riposava seduta vicino alla porta della camera, tenendo d'occhio il giovane privo di sensi che aveva legato a una sedia a lato del letto. È stupefacente quello che si riesce a far credere a un tassista preoccupato soltanto che «il fratellino ubriaco» non gli vomiti nel taxi.

L'hotel nell'East Harlem aveva l'aria di un posto frequentato da prostitute e spacciatori. Non proponeva tariffe orarie, ma secondo l'esperienza di Alex si poteva negoziare qualunque lasso di tempo. Era entrata nella hall con il prigioniero che le inciampava al seguito. Si era sciolta la coda e i capelli le cadevano spettinati attorno al viso e sulle spalle, mentre i grossi occhiali da sole coprivano il resto del volto. E la banconota da cento dollari che aveva allungato all'addetto alla reception lo aveva convinto a non prestarle troppa attenzione.

Ora aspettava pazientemente che il giovane riprendesse del tutto i sensi. Era rimasto in stato confusionale per tutto il tempo da quando erano arrivati in camera e lei l'aveva legato con il cavo di una lampada.

Poi il ragazzo si svegliò di colpo e spalancò gli occhi.

Era molto più giovane di quello che Alex pensava all'inizio. Probabilmente sui vent'anni. Era un bel ragazzo, con le labbra sottili e il naso lungo e diritto.

Non sapeva cosa aspettarsi da lui. Di solito supplicavano, ogni tanto promettevano denaro in cambio della libertà. Ma lui scelse un'altra direzione, che la sorprese.

«Liberami subito. Se non lo fai lo rimpiangerai per il resto della tua corta e miserabile vita», ringhiò con una voce straordinariamente chiara.

Alex rimase per un attimo senza parole. «Ti ho colpito troppo forte? Stai delirando. Sei tu quello legato.»

«E sei tu quella che delira. Figurati che pensavo che mi sarebbe piaciuto andare a letto con te, prima che cominciassi a comportarti come una stronza.»

Alex rimase a fissarlo.

«Ti lascerò succhiarmi il cazzo se mi sleghi adesso.»

«Sono confusa», gli disse Alex lentamente. «Stai tentando di farmi paura o di passare per pazzo?»

«Io *sono* pazzo, e tu dovresti proprio avere paura. Non hai idea di quello che ho fatto alle donne che mi hanno mancato di rispetto.»

«No, probabilmente non ne ho idea. Ma io non sono una di quelle donne. L'unico motivo per cui non sei ancora morto è che ho qualche domanda da farti. Magari riuscirai a vedere l'alba se risponderai alle mie domande. Ma se continui a comportarti così non ho intenzione di perdere altro tempo.» Si alzò ed estrasse lentamente lo stiletto. Sulla lama si vedeva ancora il sangue dell'amico.

Il ragazzo sbarrò gli occhi e Alex capì di essere sulla strada giusta. Si inginocchiò di fronte a lui e gli slacciò i pantaloni. Pensava che sarebbe bastato.

«Sarà meglio che inizi a succhiare adesso, o te ne pentirai», disse però lui.

Alex non riusciva a credere al modo in cui alcuni uomini si rivolgevano alle donne. Lo colpì alla gamba con lo stiletto. Niente di grave, ma fu costretta a tappargli la bocca per impedirgli di gridare. Poi inclinò la sedia e lo mandò a sbattere con la testa contro il letto.

Gli puntò lo stiletto all'inguine e spinse leggermente.

L'uomo guaì.

Ora avrebbe risposto a tutte le sue domande.

«Perché tu e il tuo amico mi seguivate?»

«Sappiamo che hai ucciso Cesar Ramos in ospedale.»

«Chi è che lo sa?»

«I ragazzi della banda.»

«I dominicani?»

«Non riuscirai a cavartela. Una mia parola e ti concederanno di morire solo dopo una settimana di sofferenze.»

«Quindi meglio non lasciartela pronunciare.»

Quando ebbe terminato, appese alla porta il cartello NON DISTURBARE e uscì con nonchalance dall'albergo passando per la porta sul retro.

Al contratto si era aggiunta un'altra complicazione.

49

Arrivai all'hotel in East Harlem più o meno alle due del pomeriggio. Nessuno nella zona sembrava molto sorpreso di vedere la polizia lì davanti. In ogni quartiere ci sono sempre due o tre alberghi che attraggono chi ha in ballo affari poco puliti.

Ridacchiai quando vidi la squallida insegna al neon. FINELLI BUDGET INN. FBI. Sicuramente l'avevano fatto apposta.

Vidi subito il giovane detective della Omicidi che stavo cercando. Roddy Huerta era un bravo investigatore e negli anni aveva dato più volte prova di affidabilità. Non aveva una grande immaginazione o creatività nel risolvere i casi, ma era un bravo poliziotto. Faceva parte di una nuova generazione. Giovane, in forma, sveglio, laureato. Ma troppo accademico, su tutto.

Io sono della scuola secondo cui i casi devi risolverli davvero, e gli assassini dalla strada devi toglierli sul serio.

Ma questo era il suo momento e io ero lì solo per raccogliere informazioni.

Roddy alzò lo sguardo dal taccuino e si aggiustò gli occhiali sul naso. «Ehi, detective Bennett, che ci fai qui?» disse con espressione sorpresa.

«Sono solo curioso di capire se il caso è connesso a qualcosa su cui sto lavorando. Cos'è successo, Roddy?»

Mi seguì mentre entravo nell'hotel. Alcuni detective si sarebbero risentiti ad avere qualcun altro sulla propria scena del crimine, ma sapevo che Roddy era più interessato a dimostrarmi quanto fosse intelligente.

« La vittima è un uomo ispanico, trovato disteso sul letto. Aveva i polsi legati ed è morto per una singola ferita al petto. »

« Tecnicamente, al cuore », intervenni.

« Questo lo determinerà il medico legale. Perché ti interessa? »

« Non è il primo che vedo questa settimana. »

Lui si animò. « Un serial killer. »

« Una guerra di droga. »

Sembrava contrariato, e lo capivo. Era uno di quei detective che preferiscono lavorare in un'area geografica molto ristretta e ignorare tutto il resto. In questa situazione imbattersi in un serial killer sarebbe stato qualcosa di cui vantarsi. Le guerre di droga invece erano più comuni.

Entrammo nella stanza e vidi i ragazzi della Scientifica in tuta intenti a esaminare la scena.

« La stanza è piccola e il cadavere è rimasto in quel letto almeno per dodici ore », disse Roddy. « Ho fatto i primi rilievi, poi ho deciso che era meglio lasciar lavorare la Scientifica. »

« Hai interrogato possibili testimoni? »

« L'uomo alla reception non ricorda nulla, e sul registro non ci sono nomi. Ci sono così tanti clienti che vanno e vengono che non credo troveremo qualcosa di utile. La vittima si era trasferita qui dalla Repubblica Dominicana sedici anni fa. Arrestato sedici volte, quattro condanne, neanche un giorno di galera. Ma non liquidarla come una faccenda tra ispanici: non è che tutti gli ispanici siano coinvolti nel traffico di droga.»

«Ti ho mai fatto credere di essere un tipo del genere?»

«Scusa, sono un po' sulla difensiva.»

Diedi un occhio nella stanza e guardai il volto grigiastro del giovane rivolto immobile verso il soffitto. Pensavo si trattasse di omicidi, invece alla fine si trattava di droga.

50

Quando avevo bisogno di qualche informazione investigativa sul traffico di droga, sapevo esattamente a chi rivolgermi. Spiegai al sergente Tim Marcia che volevo provare a considerare tutti gli omicidi parte di un grosso caso di droga e lui capì immediatamente che cosa intendevo.

Così ci trovammo in Audubon Avenue, a qualche isolato dalla Yeshiva University, a Manhattan. Ci appartammo in un bar, il tipo di bar dove puoi condurre ogni genere di affari e nessuno fa tanto caso al viavai.

« Precisamente, chi è il tizio che dobbiamo incontrare? » chiesi.

« John è quello che chiamano un 'regolatore'. »

« E cosa sarebbe? »

« È un ruolo un po' particolare nel mondo della droga. Qualcuno che viene rispettato e considerato degno di fiducia da tutti gli schieramenti. Il suo compito è appianare le controversie e mantenere la tranquillità, e quindi il profitto. Esattamente il ruolo che piacerebbe all'NYPD, se capissero qualcosa di traffico di droga. »

« Quindi tutti lo ascoltano? »

« Tutti tranne i cartelli. A quelli non puoi raccontare cazzate. Pensano di poter governare il mondo. »

La porta del locale si aprì e non appena vidi l'uomo che stava entrando capii che era lui il regolatore. Doveva avere una cinquantina d'anni, troppi dei quali passati sotto il sole. Aveva i capelli castani striati di grigio e legati in una lunga treccia che ricadeva sulla spalla sinistra. Era vestito come nel Far West, con tanto di stivali da cowboy e camicia a quadri. A New York però era solo uno dei tanti personaggi folkloristici.

Dietro di lui entrò una ragazza molto più giovane. Era splendida, con i capelli neri e lisci e curve da cartone animato. Lui si diresse verso di noi mentre lei si sedette a un tavolo dall'altro lato della sala.

Il regolatore andò dritto dal sergente Marcia e gli fece un cenno mentre si accomodava.

«Mike, questo è l'uomo di cui ti ho parlato», attaccò Marcia.

Il regolatore parlò con la voce roca di chi aveva fumato per tutta la vita. «Chiamami John, come fanno tutti.»

Indicai la donna bellissima che sedeva da sola. «Lei sta con te?»

«In un certo senso.» Si guardò alle spalle e le fece un cenno di saluto. Lei gli sorrise e annuì. «Me l'ha messa alle costole la gang di Santos, vicino a Yonkers. Lo scopo è di convincermi a non parlare con l'altra parte durante una negoziazione che considerano di cruciale importanza.»

«Quale negoziazione?» domandai.

«Non sarebbe corretto da parte mia rivelarlo. Non ha nulla a che fare con quello di cui volete parlare voi.»

Per la prima volta mi accorsi che aveva un lieve accento europeo. Ed ebbi l'impressione che non gli dispiacesse affatto avere una ragazza bellissima che lo seguiva ovunque.

«Non voglio ficcare il naso, però sono curioso di sapere perché hai accettato di incontrarci», dissi.

L'uomo tacque un momento, come per raccogliere i pensieri. «Il sergente Marcia sa come ci si muove sulla strada. Voi fate quello che dovete, io faccio quello che devo, si fa quello che si deve fare e così sono tutti felici. Conosco i problemi che avete con il cartello messicano. Non mi piace per niente che si servano di un sicario e di quella gang dominicana. Personalmente preferisco evitare i dominicani, se è possibile.»

«Non ti piacciono i loro metodi?»

«No. Non mi pagano e non riconoscono il mio ruolo. Le nostre strade non si incrociano mai. Ma, se provano a uccidere un agente e ci fanno piombare addosso la polizia, ci rimetto anch'io. Il mio lavoro è mantenere le cose tranquille e proficue.»

«Hai informazioni che potrebbero essermi utili per aiutarti a fare il tuo lavoro?»

Il regolatore sghignazzò. «Mi piace il tuo modo di vedere le cose. Il sergente Marcia sostiene che sei uno a posto. Ho sentito dire che tre dominicani hanno provato a spararti ieri, davanti a una chiesa, e che sei riuscito a scamparla.»

«Sai chi sono?»

Fece scivolare sulla tavola un foglietto. «Credo si tratti di questi tre uomini. Almeno due sono cugini. Non è gente che prende alla leggera un fallimento come quello.»

«Grazie dell'informazione.»

«Usala bene, e forse staremo entrambi più tranquilli. Buona fortuna, detective Bennett. Ne avrai bisogno.»

51

Tornato in ufficio non persi tempo e controllai subito i nomi che il regolatore mi aveva fornito, senza chiedere aiuto agli analisti o ad altri detective. Era una traccia che volevo seguire velocemente, senza interferenze.

Tutti e tre gli uomini che John mi aveva indicato avevano precedenti per droga. Tutti e tre avevano passato del tempo a Rikers Island o in altri carceri fuori New York. I volti mi sembravano familiari, ma le foto segnaletiche sono notoriamente difficili da abbinare alle persone in carne e ossa. Nelle immagini avevano tutti la barba, ma nessuno di quelli che aveva tentato di spararmi davanti alla Holy Name la portava. Però non significava nulla.

Quello che invece trovai molto più interessante fu che uno di loro, Julio Laza, aveva un'auto intestata a suo nome, una Chevy Cruze di appena un anno. E avrei scommesso che era un'auto verde.

Generalmente chi vuole commettere un crimine, come un omicidio o una rapina a mano armata, si sobbarca anche la fatica di rubare una macchina, o di noleggiarla. In questo caso sembrava che i sospettati fossero stati molto sicuri di se stessi, pensando di poter portare a termine il colpo senza problemi e risparmiare sull'auto.

Valutai se acchiappare qualcuno da portarmi dietro.

Poi pensai ad Antrole e decisi che un partner morto era già più che sufficiente. Dovevo agire da solo.

Quando ebbi in mano un paio di indirizzi e qualche informazione utile, raccolsi tutto e mi voltai per andarmene, ma quasi mi scontrai con Harry Grissom.

« Hai qualcosa, Mike? » mi chiese il tenente.

« Sto ancora tentando di mettere insieme le varie tracce. »

« Non fare niente da solo. »

« Non faccio niente da solo da quando ero adolescente e ho scoperto le ragazze. »

« Molto divertente. Ma dico sul serio. Non costringermi a sorvegliarti. Hai un lavoro da fare, che include trovare l'assassino di Antrole. Non voglio ritrovarmi a fare lo stesso discorso a qualcun altro che indaga sul *tuo* omicidio. Sono stato chiaro? »

« Cristallino. »

Trenta secondi dopo ero fuori dalla porta. Come aveva detto il regolatore, *si fa quello che si deve fare*.

52

Alex Martinez si chinò sull'elegante tavolo vicino alla finestra nella Tavern on the Green, a Central Park. I vetri giganteschi offrivano una vista grandiosa. Nel parco passeggiavano per lo più turisti, ma a lei piaceva che il suo nuovo amico poliziotto, Tom McLaughlin, tentasse di fare colpo. Aveva usato i propri contatti per ottenere un tavolo con lei in quel luogo così affollato.

Vestiva bene e aveva modi impeccabili, doti ormai difficili da trovare. Specialmente a New York. Le apriva la porta e le avvicinava la sedia, come evidentemente gli era stato insegnato da piccolo.

Alex non avrebbe mai immaginato di avere due appuntamenti per due sere di seguito con lo stesso uomo a New York. Non che si lamentasse. Era piacevole, molto piacevole. Tom aveva dato prova di essere affascinante oltre che attraente e pieno di energie. E adorava l'NYPD. Era quasi un esperto della storia del dipartimento.

Dopo l'insalata Tom tirò fuori il cellulare e lo porse alla giovane cameriera. «Ci faresti una foto con la finestra sullo sfondo?»

Alex pensò a tutti i problemi che avrebbe potuto causarle quella foto. Si affrettò a pensare a una scusa. «Tom, non possiamo farla dopo? Una signora ha bisogno di darsi una sistematina prima di venire immortalata», disse alla fine.

Tom rise. «Proprio una richiesta da fotografa professionista.»

Crisi evitata. Per il momento.

Chiacchierarono di cavalli e anche un po' delle loro vite. Alex non menzionò le due figlie: era abituata a non parlarne sul lavoro.

Intrigato dai racconti sui suoi frequenti viaggi, Tom le parlò della portata internazionale che aveva l'intelligence dell'NYPD.

«Com'è possibile, visto che sono poliziotti di New York?» chiese Alex.

«Non conosco bene gli accordi, ma a un certo punto la città si è stancata di contare sui federali per avere informazioni sulle minacce terroristiche. Dopo l'11 settembre l'NYPD ha cominciato ad aprire uffici in Stati collegati a possibili minacce. Soprattutto in Europa. Abbiamo degli agenti speciali in uniforme anche in Vaticano negli anni del giubileo. È un bel lavoro per un poliziotto.»

«Vorresti farlo, un giorno?»

«No. Se non dovessi rimanere nella Mounted Unit mi piacerebbe lavorare alla Omicidi. I detective più intelligenti sono lì.»

«Da qualche parte ho letto un articolo che riguardava proprio un detective della Omicidi dell'NYPD. Credo si chiami Michael Bennett. Ne hai mai sentito parlare?»

Il viso di Tom si illuminò. «Tutti hanno sentito parlare di Michael Bennett. Un grande. Ha lavorato con la squadra dei negoziatori ed è quello che ha risolto il caso degli ostaggi al funerale della First Lady.»

«Me lo ricordo. Lo conosci di persona?»

Tom scosse la testa. «L'ho visto un paio di volte. Ha un'ottima reputazione. È piuttosto famoso anche per il fatto che ha adottato dieci figli.»

Era un'informazione che poteva tornare utile ad Alex. Lei sorrise e bevve un sorso di Chardonnay. Prometteva di essere un gran bell'appuntamento.

53

Cancellai i primi due indirizzi dalla lista dei sospettati. Decisi di considerare conclusa la giornata e di tornare a casa a un orario ragionevole, anche se cominciavo a non sentirmi più stanco e dolorante come nei giorni precedenti. Finalmente stavo guarendo.

Mi sarebbe piaciuto trovare i bambini di fronte alla porta, ma non successe. Accadeva raramente. Quando entrai in casa, nel corridoio che porta alla sala da pranzo trovai a sorpresa un uomo. Ci misi qualche secondo a riconoscerlo.

Mi sorrise e allungò la mano. « Buonasera, signor Bennett. »

« Carter, che piacere vederti. Non sapevo che saresti venuto. » Sono una persona educata, anche nei confronti del ragazzo di ventisei anni che esce con la mia bimba diciottenne, ma era ancora strano vederlo in giro per casa.

Proprio in quel momento Mary Catherine comparve da dietro l'angolo. « Come hai visto, abbiamo ospiti per cena. Tuo nonno non riesce a tornare e Juliana ha pensato che a Carter potesse far piacere conoscere la famiglia. »

« Certo. Ottimo. » Provai a infondere un po' di entusiasmo nella voce, con scarsi risultati.

Il ragazzo se la squagliò e tornò nel soggiorno a chiacchierare con Trent.

Mary Catherine mi raggiunse nel corridoio e mi scoccò uno sguardo che significava contemporaneamente *Scusa* e *Non essere scortese con lui.*

Le risposi con un cenno d'intesa. Lei sembrò soddisfatta e sparì, per andare a supervisionare la preparazione della cena.

Dopo aver pregato ed esserci riempiti i piatti Chrissy, che era seduta vicino a Carter, lo guardò con aria innocente. «Sei vecchio», dichiarò.

Mi andò di traverso l'acqua nel tentativo di non ridere. Mary Catherine era sconvolta.

«Non è molto educato da parte tua, Chrissy», intervenne Juliana.

Mary Catherine cambiò discorso e chiese a Juliana delle riprese.

«Tra qualche giorno abbiamo in programma la prima intervista. Dovrebbe venire sul set un giornalista di una rivista di intrattenimento a fare delle foto e a parlare con noi.»

Bridget si rianimò. «Come l'*Entertainment Weekly*?»

«Qualcosa di simile.»

«Come si chiama il giornale?» chiese Fiona.

Juliana esitò, ma rispose Carter. «Il *Brooklyn Studio Newsletter*.»

«Magnifico», disse subito Mary Catherine. «Molto emozionante. Quando ho visitato il set ho potuto vedere tutto il dietro le quinte.»

Capivo che avrei dovuto abituarmi a questo nuovo mondo fatto di appuntamenti dal momento che avevo sei figlie, grazie a Dio. Ma l'idea di questo ventiseienne di bell'aspetto che usciva con la maggiore mi infastidiva comunque.

Mi faceva pensare a tutte le storie che mi avevano raccontato i colleghi su quando avevano cacciato fidanzatini vari per una ragione o per l'altra. La mia storia preferita era quella di un sergente del Queens che aveva aperto la porta senza camicia e con il distintivo appuntato direttamente sul petto nudo. Troppo estremo per me, dovevo trovare un altro metodo.

« Carter, quali sono le tue ambizioni come attore? » domandai.

Tutti gli attori, come gli scrittori, amano parlare del proprio futuro. E per la maggior parte di loro quel futuro non comprende moglie e figli.

« Oh, mi trasferirò a Los Angeles quando la prima stagione di *Century's End* sarà finita. Sono in contatto con un agente di lì, che potrebbe rappresentarmi. »

Lo sguardo di Juliana mi fece chiaramente capire che con lei non ne aveva parlato.

54

Alex Martinez era stanca. In maniera piacevole. Era sdraiata nel letto a due piazze dell'appartamentino di Manhattan dell'agente Tom McLaughlin. L'allenamento aerobico era utile nel sesso quanto sul lavoro. Sorrideva ancora, mentre ascoltava il lieve russare del suo nuovo amante.

Era stata una serata meravigliosa. La cena alla Tavern on the Green. La passeggiata per Central Park con la visita alle scuderie. Era davvero un tipo speciale.

Ma lei rimuginava su un dettaglio. Aveva fatto delle domande su Michael Bennett e poteva essere stato un errore. Probabilmente non era una cosa importante per l'agente McLaughlin, perché aveva continuato a parlarle del detective della Omicidi come se niente fosse.

Ora Alex stava cercando di capire in quali modi la situazione poteva ritorcersi contro di lei, dopo la morte del detective Bennett. L'agente McLaughlin si sarebbe ricordato di quella conversazione e l'avrebbe raccontata ai detective incaricati dell'omicidio? Se fosse andata così, sapeva qualcosa di utile su di lei? Alla fine non gli aveva mai concesso quella fotografia.

Continuava ad arrovellarsi. Prima si affronta un problema, meglio vanno le cose.

Si chiese se l'agente Tom McLaughlin potesse diventare una questione in sospeso, una di quelle potenzialmente pericolose.

Si girò e scivolò silenziosamente fuori dal letto. Si rivestì nello spazio stretto tra il bordo del letto e il muro.

Abbassò lo sguardo sulla figura addormentata dell'agente Tom McLaughlin mentre cercava lo stiletto dentro la borsa. Premette il pulsante e la lama saltò fuori dal manico, facendo solo un piccolo *clic* metallico.

Riepilogò un'altra volta le opzioni che aveva a disposizione. Quell'uomo non aveva fatto niente di male e non meritava di morire per un errore commesso da *lei*. Ma non poteva rischiare che un giorno qualcuno arrivasse al ranch ad arrestarla e a separarla dalle figlie.

Chiuse gli occhi nell'appartamento buio e ascoltò il rumore della città. Qualche volta, avrebbe preferito essere qualcun altro.

55

Alex era in piedi nella stanza buia con lo stiletto in mano, pronta a prendere una decisione drastica. Finché non fu sorpresa dalla voce di Tom McLaughlin.

« Devi andare? »

« Sì, purtroppo. »

« Sento il bisogno di dirti una cosa. Ho una bella sensazione su di noi. E non voglio che pensi che io sia uno di quelli che non dicono tutta la verità. »

Alex non si muoveva, chiedendosi se dovesse dire qualcosa come *Non importa*. Perché in effetti di lì a qualche secondo non avrebbe più avuto importanza.

Tom continuò a parlare. « Non ti ho detto che ho una figlia. »

« Che cosa? »

« Non pensare che volessi tenertelo nascosto. Non volevo spaventarti. Ma ho una bimba di tre anni di nome Emily. »

« Sei sposato? »

« No. Ho chiesto alla madre di Emily di sposarmi quando ha scoperto di essere incinta, ma non era interessata. Ora cerco di assicurarmi di venire coinvolto abbastanza nella vita di Emily. »

Alex non sapeva cosa dire.

« Spero che questo non cambi le cose. Sono stato benissimo con te e vorrei vederti ancora. »

Per Alex cambiava le cose, eccome. Aggiungeva un dettaglio al suo calcolo accurato. All'improvviso si immaginò una bambina poco più piccola di Gabriela che piangeva, senza padre. Un padre che era un brav'uomo, lavorava, e non aveva fatto niente di male.

Lui si mise a sedere sul letto, cercando l'interruttore sul comodino.

Alex infilò velocemente nella borsa la mano che reggeva lo stiletto.

« Lascia che ti accompagni fuori. Aspetto il taxi con te. »

« Non è necessario, davvero. »

« Non posso certo abbandonare una donna indifesa da sola per le strade di New York. »

Lei sorrise. « Ti garantisco che non lo stai facendo. Torna a letto. Sogni d'oro. »

Alex si chinò fino a trovarsi a qualche centimetro da lui, lo stiletto sempre stretto in mano. Dal letto lui alzò il viso, esponendo così la carne morbida sotto la mascella.

Lei esitò per un attimo, poi lo baciò sulle labbra. Non disse una parola mentre scivolava fuori dall'appartamento.

56

Ero ancora alla ricerca degli uomini che mi aveva indicato il regolatore. Per uno di loro, Julio Laza, avevo in mano un indirizzo di 129th Street, al secondo piano di un condominio fatiscente.

Mentre giravo per l'isolato per farmi un'idea della zona notai una Chevy Cruze verde parcheggiata su uno dei lati dell'edificio. Mi avvicinai per guardarla meglio e vidi che nella portiera dalla parte del guidatore c'era un foro di proiettile. Bingo.

In altre circostanze avrei chiamato i rinforzi e avrei proceduto all'arresto di chi aveva tentato di uccidermi. Ma stavolta ero convinto che fosse più importante scoprire chi aveva assoldato Julio.

Avrei potuto scoprirlo, e sarebbe stato un gran colpo, ma avrei potuto anche trovare qualcosa che ricollegasse questa parte della vicenda alla storia di Brian. Così forse, assumendo anche un avvocato migliore, gli avrebbero ridotto la pena. Ecco perché decisi che avrei corso il rischio.

Qualche minuto più tardi, mentre salivo i gradini di cemento dell'ingresso, vidi qualcuno uscire dalla robusta porta di metallo. Individuai subito il mio uomo, Julio Laza. Anche lui mi vide e mi riconobbe. Perché non era sempre tutto così semplice?

Julio non perse tempo. Evitò i gradini e saltò giù direttamente dall'ingresso alto circa un metro e mezzo, atterrando sul prato spelacchiato che circondava la casa. Non appena ebbe toccato terra partì di corsa. E correva veloce.

«Voglio solo parlare», gli urlai, ma non mi credette. Perché avrebbe dovuto? Se mi fossi imbattuto in qualcuno che avevo tentato di uccidere, sarei scappato anch'io.

Quando ero un novellino rincorrevo sempre i sospettati in fuga. Poi un collega con più anzianità di me – era poco più vecchio ma lavorava già da quattro anni – mi illustrò le meraviglie della pazienza. Mi disse che i novellini trottavano sempre, mentre lui preferiva prendere l'auto di pattuglia.

Sapevo come ragionavano gli idioti come Julio. Sarebbe scappato e poi sarebbe tornato per riprendere la macchina. Quelli come lui non abbandonano mai il loro mezzo.

Mi comportai come se volessi seguirlo. Lasciai anche che mi vedesse svanire in lontananza quando controllò prima di una svolta. Poi come se niente fosse tornai verso la casa e mi sedetti sotto un albero non lontano dalla sua auto. La corteccia era ruvida e intagliata con decine di disegni, più che altro cuori con nomi incisi all'interno.

Non fui deluso. Dopo più o meno cinque minuti vidi Julio Laza che trotterellava tranquillo verso la Chevy.

Attesi che si trovasse nel punto giusto. Non aveva ancora infilato la chiave nella portiera che mi alzai. Non si accorse di me.

Girai attorno all'albero. Continuò a non notarmi.

Iniziavo a prenderla sul personale. Alla fine mi schiarii

la voce. « Cominciavo a chiedermi quanto ci avresti messo a tornare. »

Julio si spaventò così tanto che fece cadere le chiavi sotto la macchina. Scattò sull'attenti, provato dalla corsa e con i capelli incollati alla fronte per il sudore.

« Cosa vuoi? »

« Esattamente quello che ti ho detto prima che tu iniziassi la maratona. Voglio solo parlarti. »

Si guardò attorno nervosamente. In quel quartiere nessuno voleva essere visto mentre parlava con un poliziotto.

« Vieni a farti una passeggiata con me », proposi. « Così nessuno ci vede e possiamo chiacchierare un po'. »

Dopo qualche passo gli misi un braccio attorno alle spalle, come se fosse stato un bambino da consolare dopo una sconfitta a football.

« Di cosa vuoi parlare? » mi chiese Julio.

Mi fermai e lo fissai. « Stai scherzando, vero? »

Julio si limitò ad alzare le spalle e riprese a camminare.

57

Invece di portare Julio Laza a parlare in un comodo bar o in un McDonald's, lo feci salire sul sedile del passeggero della mia auto di pattuglia.

Stava tremando e sudava come se si trovasse in una caldaia. Guidai per parecchi isolati fino a un parcheggio in modo che nessuno potesse vederci. Ma a Julio non importava. Era convinto che sarebbe finito in galera, a meno ovviamente che io non gli sparassi prima.

Che diavolo, era lui che mi aveva sparato addosso! Gli occhi gli uscirono quasi dalle orbite quando glielo dissi.

« Mi dispiace. Mi dispiace. Mi dispiace », ripeté. « Sono solo affari. Spero che mia madre non lo venga a sapere. »

« Tua madre è l'ultimo dei tuoi problemi. Hai sparato a un detective di New York. E sei talmente stupido che ti ho beccato quasi subito. Quindi non solo ti si prospetta un sacco di tempo in prigione, ma la reputazione di cui godevi sulla strada è rovinata. »

Julio aveva più o meno trent'anni ed era un uomo medio, in tutti i sensi. I capelli castani e ricci avevano bisogno di uno shampoo, e anche l'acne che gli fioriva sul mento e sul naso mi faceva pensare che non si lavasse quanto avrebbe dovuto.

« Stai sudando », dissi. « I buoni sicari non lo fanno. »

« Sicario? Sicario? Ma dici sul serio? »

« Hai provato a uccidermi ieri. Devo presumere che tu l'abbia fatto per soldi, visto che non ci siamo mai incontrati e non ho mai indagato su di te. »

« Guarda, non credo di aver voglia di parlare con un poliziotto. »

Era il momento di tornare seri. « Stai già parlando con un poliziotto. Le opzioni che hai a disposizione sono molto semplici. Parli con me e mi racconti cosa diavolo sta succedendo oppure finisci a Rikers Island. E io metterò in giro la voce che sei una spia. »

« Cosa? » Strillò come se l'avessi schiaffeggiato.

« I detenuti ti odieranno perché sei una spia, e nessuno degli agenti ti aiuterà visto che hai tentato di ammazzare un poliziotto. Non ho mai conosciuto nessuno così nella merda. »

Lo vidi considerare con attenzione quello che gli avevo detto. Mi appoggiai al sedile e lo lasciai pensare da solo a cosa sarebbe stato peggio per lui.

Dopo un paio di minuti mi guardò e disse: « Okay, che tipo di informazioni stai cercando? »

« Chi vi ha assoldato per uccidermi e perché? »

« Non conosco tutti i dettagli. È stato mio cugino a coinvolgermi, aveva bisogno di un autista. Ho tirato fuori il vecchio MAC-10 perché ho visto che gli stavate facendo il culo. Giuro su Dio che ho solo provato a tenervi lontano per farli scappare. »

« Chi è tuo cugino? »

« Willie. Willie Perez. Ma è stato assoldato da qualcun altro. Giuro che non so chi è. »

« Cosa ha detto Willie della persona che lo ha assoldato? Dai, so che qualcosa ha dovuto dirti per convincerti ad aiutarlo. »

Julio mi guardò come se fossi uno stregone che leggeva nel pensiero.

Fissò la stoffa macchiata del sedile della mia auto di pattuglia. « È stata una ragazza », mormorò.

« Che cosa? »

« Una donna. È stata una donna ad assoldare Willie », ripeté.

« Che aspetto ha? »

« Non lo so. Ha detto solo che è molto bella. Giuro che ha detto solo questo. »

« Dov'è Willie adesso? »

« Non lo so. Vive nel mio stesso appartamento ma non lo vedo molto. Ha delle fidanzate, tante fidanzate. »

« Ti dirò la verità. Non so bene quante stronzate mi hai raccontato. »

« Nessuna, lo giuro. Mi dispiace di averti sparato. »

« Per stavolta non importa se mi hai sparato. L'unico modo che hai per finire fuori dai guai è aiutarmi a trovare chi ha pagato tuo cugino. Non faremo un accordo. Non faremo un cazzo finché non mi aiuti. »

Lasciai che lo digerisse. Spesso l'immaginazione delle persone lavora al posto tuo.

« Okay, ti dirò tutto quello che so », disse alla fine.

« Ho bisogno che provi a organizzare un incontro con la persona che ha assoldato tuo cugino. »

« Non posso farlo da dentro una macchina della polizia. »

« Sparirò e ti lascerò un giorno per organizzarlo. Per

ora non dire niente di me a tuo cugino. Ricordati una cosa: non è nel tuo interesse mettermi i bastoni tra le ruote. Mi credi? »

« Ti credo, lo giuro su Dio. »

58

Alex Martinez telefonò con l'apparecchio usa e getta a Oscar, il suo contatto con il cartello messicano, per confermargli di aver portato a termine gli incarichi riguardanti i canadesi. Il lavoro sulla guardia del corpo di Alicia Toussant era gratis. Le restavano alcune faccende in sospeso, come il detective Michael Bennett.

«Tutto bene», le rispose Oscar. «Non serve far arrivare un messaggio ai canadesi. Sanno che qualcuno li tiene d'occhio. Se ci sarà bisogno, tra qualche mese ti spediremo in Québec. Lì sì che manderemo messaggi, come ammazzare uno di questi coglioni davanti alla famiglia o amputare qualche cazzo. Così capiranno quanto in là possiamo spingerci.»

«Di questo parleremo un'altra volta. Chiamavo solo per dirti che le cose qui a New York sono quasi a posto.»

«Ottimo. È per questo che ti paghiamo così bene.»

Non era entrata nei dettagli quando gli aveva menzionato le questioni in sospeso. La gang dominicana che aveva provato a ucciderla era probabilmente la più grossa rogna che le si fosse mai presentata sul lavoro. Per uno di loro aveva trovato un indirizzo. Voleva ucciderlo nel suo appartamento: quello sì che sarebbe stato un bel messaggio.

Non aveva mai avuto una ragione tanto personale per ammazzare qualcuno. Era furiosa. Il ragazzo che aveva ucciso in quello schifoso vecchio hotel di East Harlem si era comportato in modo disgustoso. Rabbrividiva ancora per quello che aveva detto e fatto.

Era furibonda anche perché erano convinti che sarebbero riusciti a farla fuori.

Trovò l'appartamento, su 129th Street a East Harlem. Era uno dei tanti edifici fatiscenti di quella parte di New York. Il comune aveva piantato qualche alberello nelle strisce d'erba a lato dei marciapiede e quasi tutti gli appartamenti avevano un condizionatore che penzolava fuori dalle finestre.

Si fermò all'angolo della strada per qualche minuto per esaminare l'intero isolato. Nulla sembrava fuori posto. C'era qualche ragazzino che giocava sul prato davanti al condominio. Alex preferiva che non la vedessero entrare.

Percorse l'isolato per controllare il retro del complesso e cercare eventuali telecamere. L'ondata di videosorveglianza e attenzione alla sicurezza aveva reso il suo lavoro più difficile, ma una delle ragioni per cui le sue tariffe erano così alte era perché lei sapeva adattarsi. Anche se in un quartiere come quello non c'era la stessa videosorveglianza delle aree più frequentate e più commerciali.

La porta sul retro era una di quelle che si bloccano automaticamente quando vengono richiuse. Osservò per un po' le persone che entravano o uscivano e le vide utilizzare una chiave.

Poi vide un'anziana signora con le borse della spesa che avanzava lentamente nella sua direzione.

« Lasci che l'aiuti », le disse Alex in spagnolo, e prese una delle borse che la donna reggeva con le braccia magre.

«Sei molto gentile. Non capita spesso qui», le rispose sorridendo l'anziana signora.

«Non sono di qui.»

La signora accarezzò Alex sulla guancia. «Buon per te, cara.»

Dopo pochi metri Alex ebbe la certezza che la signora fosse diretta proprio alla porta sul retro. Perfetto. Ogni tanto la fortuna aiutava i riflessivi.

Con naturalezza seguì la donna all'interno sempre reggendo uno dei sacchetti e la aiutò perfino a portarlo dentro l'appartamento al piano terra.

La donna fece il gesto di allungare ad Alex un dollaro di mancia.

Alex sorrise e rifiutò l'offerta mentre usciva dall'appartamento. Fece finta di dirigersi verso l'uscita invece prese le scale per il primo piano.

Trovò l'appartamento che cercava proprio di fianco alla scala e rimase per molto tempo ad ascoltare con attenzione. Da dentro non si udivano rumori o movimenti.

Provò lentamente la maniglia. La porta era chiusa, ma si sentiva che i cardini erano allentati. Storia vecchia: un padrone di casa che non faceva effettuare le riparazioni per non spendere soldi.

Alex recuperò lo stiletto e lo fece scattare. Ci volle soltanto un colpetto ben piazzato vicino alla serratura per scardinarla. Lasciò che la porta si aprisse scivolando senza far rumore.

Entrò nell'appartamento vuoto.

59

Ogni tanto mi stupisco anch'io per le svolte che prendono le mie giornate. Un'ora prima avevo parlato con un tizio che aveva tentato di uccidermi. Avevo stretto un accordo che nessun poliziotto sano di mente avrebbe concluso. Avevo rinunciato a un arresto immediato, che probabilmente ne avrebbe portati altri due, per la possibilità di arrivare al pesce grosso. Fintanto che non l'avessi detto a nessuno probabilmente non mi sarei messo nei guai. Ora invece ero in centro a pranzare con Mary Catherine.

Prima ero con il ragazzo che aveva tentato di uccidermi, ora con la donna che mi aveva salvato.

Era stata una decisione d'impulso. L'avevo chiamata e le avevo chiesto di incontrarmi nel ristorantino al settimo piano del grande magazzino Bergdorf Goodman.

« Non pensavo ti fossi accorto che lassù c'è un ristorante », aveva detto, stupita.

Il ristorante del BG era un po' troppo lussuoso per i miei standard, aveva grandi finestre decorate e sedie rigide e formali. I prezzi sul menu mi fecero venire un colpo, ma feci pace in fretta con l'idea che sarebbe stato un pranzo costoso. Il croque-monsieur aiutò il processo di accettazione.

Ci sedemmo a un tavolino con vista su Central Park

vicino a 57th Street. Il panorama era spettacolare. E Mary Catherine non era da meno. Il viso splendido incorniciato dai capelli ramati e i vividi occhi verdi che sembravano abbracciare il mondo intero oscuravano la bellezza del panorama. È un peccato non essere capaci, come me, di esprimere a parole questo genere di pensieri. «Sei splendida», le dissi invece.

Lei arrossì leggermente e mi sorrise. «Dici sempre le cose giuste.»

Parlammo di argomenti di cui di solito non riuscivamo a parlare. Di quello che succedeva. Di dove i ragazzi sarebbero andati al college. Di dove avremmo trascorso le vacanze estive. Fu fantastico.

Poi finimmo a parlare di Juliana.

«Penso sul serio che dovresti concederle più spazio», mi disse Mary Catherine. «Comunque è stato un trucco subdolo estorcere a Carter i suoi progetti di trasferirsi a Los Angeles.»

«Subdolo o brillante?»

«Un po' entrambi», rispose ridendo.

«Invecchiando diventi subdolo, è l'unico vantaggio che hai.»

Mary Catherine non era convinta. «Vorrei che le lasciassi vivere la sua vita. Almeno entro i limiti della ragionevolezza. Carter sembra un tipo a posto.»

«Non avrei problemi se fosse un ragazzo, ma il fatto che sia più vicino ai trenta che ai venti mi dà fastidio.»

«Credi davvero che qualcuno farebbe l'idiota con una delle tue figlie dopo averti conosciuto?»

Ci pensai su. Forse sono troppo duro, a volte.

Cambiai argomento. « Hai pensato a una data? Potrebbe essere bello sposarsi in primavera. »

« No, non ci ho pensato. »

« Potrei comportarmi subdolamente e prenderti in trappola. »

« Non ce n'è bisogno. È che ho molto da fare in casa e non riesco mai a trovare il tempo per fare progetti. Non riesco neanche a pensarci al matrimonio, per ora. »

« Non serve che sia un progetto in grande. »

« Eh, no. Se sposerò l'uomo che amo tutto dovrà essere sopra le righe. Modello Barbra Streisand. »

« Cosa intendi con *se*? » ribattei ridendo.

Si allungò sul tavolo e mi prese le mani. « *Quando* sposerò l'uomo che amo. Ma per ora voglio occuparmi di Bridget e Fiona e prepararle al primo ballo della scuola. E di Trent, di cui ogni volta si scordano tutti perché fa sempre il bravo. E di Chrissy che sta un po' esagerando con la storia di essere la piccola della famiglia. »

Ci pensai su. « So che finiremo per essere una famiglia. Una grande famiglia. Non voglio metterti altra pressione per ora. »

« Esatto, sciocco. Faccio già parte della famiglia. Una famiglia meravigliosa. Non è un punto a sfavore. Ho adottato tutti quei ragazzi, uno per uno, come avete fatto tu e Maeve. È emozionante. È più di quanto io abbia mai desiderato. Ma ora devo andare a preparare i biscotti per la festa di classe di Shawna, e poi portare Seamus dall'oculista. »

Mi sporsi e la baciai. Non l'avevo mai amata così tanto come in quel momento.

60

Ero su di giri mentre tornavo in ufficio. Avevo nuove informazioni, e cioè che era stata una donna a pagare i dominicani per spararmi. Volevo mettere fine a quel calvario il prima possibile.

Alcuni membri della mia task force erano già arrivati, così convocai Cassie Max e Roddy Huerta.

Quando ci radunammo in sala riunioni Roddy fu il primo a parlare. «Non sei il mio sergente, sai? Non puoi ordinarmi di raggiungerti in ufficio tutte le volte che devi dirmi qualcosa.»

Cassie si voltò tranquillamente verso di lui. «Stai zitto, che magari impari qualcosa.»

Apprezzai il sostegno. Non mi piace ammetterlo, ma infastidire Roddy mi divertiva un po'.

«Penso di avere in mano qualcosa che cambierà il punto di vista su questi casi», dissi. Feci girare lo sguardo attorno al tavolo. I detective e i tre uomini della Scientifica erano tutti intenti a fissarmi. «Ho una traccia: è stata una donna ad assoldare i dominicani che hanno provato a spararmi. Dicono che sia molto bella.»

Roddy scosse la testa. «Ci hai convocato per dirci questo? Che una bella donna vuole ucciderti? Cos'è, te ne vanti?»

«No, imbecille. Ve lo dico perché è un indizio. Abbiamo tutti esaminato i video di sorveglianza per identificare il sospettato: non so voi, ma io ho cercato un uomo. Non solo mi sono comportato in modo sessista, ma sono pure caduto nella trappola peggiore per un detective: avevo i paraocchi. Ora spero che voi due possiate aiutarmi. Ritorniamo ai video e cerchiamo un'immagine della donna.»

«E se fosse solo un'intermediaria?» chiese Roddy. «Il vero killer può essere un uomo.»

«Non so risponderti, Roddy. Secondo te dovrei ignorare questa pista? Io credo che dovremmo seguirla, e se troviamo la donna proviamo a capire per chi lavora. Si tratta di normale routine per un poliziotto. Inoltre combacia con l'assassino in ospedale. Gli agenti penitenziari di guardia hanno parlato entrambi di una donna. Non sono riusciti a descriverla e non sanno dire in che modo sia coinvolta. Poteva anche essere solo un diversivo.»

«Ho ore e ore di riprese delle attività commerciali attorno a Madison Square Park», intervenne Cassie. «Non avevo idea di cosa cercare, ma ora posso provarci.»

«Quell'hotel di merda lo fa apposta a non controllare chi viene e chi va», disse Roddy. «E non ci sono attività commerciali sorvegliate vicino all'ingresso. Ho ottenuto le riprese di un negozio di elettronica non lontano dalla porta sul retro. Le ho guardate, ma ho considerato prostitute le donne che uscivano e le ho depennate.»

Cassie rise. «Tipico.»

Intervenni prima che Roddy perdesse il controllo. «A meno che non abbiate qualcosa di utile da aggiungere, meglio tornare al lavoro. Ci sono altri pezzi del puzzle ancora da posizionare.»

Quando la piccola riunione si sciolse, guardai il tenente. Harry Grissom non aveva aperto bocca ed era rimasto appoggiato alla parete a braccia incrociate.

Sembrava sul punto di voler dire qualcosa, ma alla fine si limitò a scuotere la testa e a grugnire qualcosa che suonava come « Buon lavoro ».

61

Alex approfittò del fatto di essere da sola nella casa del dominicano. Non si limitò a sedersi sul divano ad aspettare. Perquisì l'appartamento a lungo, in modo minuzioso, rimettendo poi tutto esattamente dove l'aveva trovato. La pianificazione era una parte del lavoro che Alex amava. Si sentiva sempre preparata proprio grazie all'attenzione che metteva nei dettagli e nella preparazione.

Nei cassetti della cucina trovò qualcosa di molto interessante. Il coglione aveva una sua fotografia, scattata mentre lei si trovava al White Castle. Chiaramente il suo amico aveva approfittato di un momento in cui lei non stava in guardia. Ne aveva stampate almeno due copie.

L'immagine non era male, dal punto di vista fotografico. La luce era perfetta e i capelli le lasciavano il viso scoperto. Era una foto abbastanza lusinghiera.

Da un altro punto di vista, il fatto che questi uomini facessero abbastanza sul serio da scattarle foto di nascosto la fece infuriare. Non sapeva quanti fossero, ma sicuramente avevano subito delle gravi perdite. E gli sarebbe andata solo peggio.

In un altro cassetto c'era una .38 Smith & Wesson vecchio stile. La classica arma per difendersi da vicino. Piccola, semplice e affidabile. La tirò fuori dal cassetto e se la mise in borsa. Prima o poi avrebbe trovato il modo di usarla.

L'appartamento aveva due camere da letto e da quello che vedeva ci vivevano almeno due uomini. Non erano particolarmente ordinati e nell'aria aleggiava un cattivo odore, di birra rancida e fumo di sigaretta. A lei però non faceva nessun effetto.

Trovò anche la foto del detective Michael Bennett che gli aveva dato lei: era un'immagine presa da internet, ma era chiara e mostrava bene i lineamenti.

Aveva fatto altre ricerche su di lui recentemente e aveva trovato un bel po' di informazioni. Voleva sapere tutto prima che scoprissero che era lei a dargli la caccia.

Alex provava rispetto per un uomo che aveva adottato dieci figli. Era stato anche molto attento e furbo, e online non si trovavano foto dei ragazzi. Nessuna notizia su di loro. Molti articoli riferivano la storia delle adozioni, ma nessuno dava nomi o descrizioni.

Era un peccato che qualcuno volesse morto un uomo come quello, e che invece nessuno si occupasse degli imbecilli come gli inquilini di quell'appartamento. Odiava fare queste cose gratis, ma non poteva rischiare che tentassero di nuovo di ucciderla. L'unica era far capire con chiarezza che con lei non si doveva scherzare.

Aveva appena rimesso la foto di Bennett nella cartellina sul vecchio tavolino traballante quando sentì scricchiolare il pavimento fuori dalla porta.

Rimase immobile.

Poi la chiave scivolò nella serratura e la porta cominciò ad aprirsi.

62

Quando la porta si aprì, Alex era pronta. Era nell'angolo del salotto, perfettamente immobile. Nella mano destra aveva la pistola presa dal cassetto. Vide entrare un uomo, ma non era la persona che stava aspettando. Era troppo giovane e troppo alto, aveva i capelli ricci e il viso segnato dall'acne.

L'uomo si chiuse la porta alle spalle e buttò sul bancone della cucina una borsa con la spesa. Attraversò la stanza, si lasciò cadere sul divano in similpelle e accese la tv.

Alex sapeva di essere silenziosa, ma la situazione era ridicola. Se solo il tizio avesse girato la testa a sinistra di qualche centimetro l'avrebbe vista. Invece teneva gli occhi fissi sulla tv mentre partiva il jingle di ESPN.

Il fatto di trovarsi in una stanza con una persona che non aveva idea della sua presenza le dava una sensazione strana. Sembrava di guardare un film. Un nuovo fantastico tipo di televisione interattiva. Le procurava uno strano brivido, che lei assaporò per almeno un minuto. Più avesse aspettato, più grossa sarebbe stata la sorpresa. L'uomo non aveva nessun sospetto. Era imbarazzante che lui e i suoi soci credessero di essere in grado di ucciderla.

Alex rimase a guardarlo finché lui non si sbottonò i pantaloni e infilò una mano negli slip. A quel punto fece un passo avanti. «Chi sei? Dov'è Willie?» chiese con tranquillità.

« Cristo! » gridò lui, scattando in piedi e richiudendosi i pantaloni. « Chi diavolo sei? Cosa ci fai qui? » Poi capì. « Oh, sei tu. Willie non c'è. »

« E tu chi sei? »

« Suo cugino Julio. »

« L'autista. » Alex ci pensò su per un attimo. « Quando torna Willie? » Tirò fuori il revolver e glielo puntò in faccia. Ottenne l'effetto sperato.

« Torna sempre a casa nel pomeriggio più o meno a quest'ora », si affrettò a dire Julio. « Quando l'ho sentito prima mi ha detto che sarebbe passato. »

« Bravo, hai usato il cervello. »

« Ma tu non stai usando il tuo. Willie è un pessimo soggetto, lo sanno tutti. Hanno tutti paura di lui. Se mi spari, capirà che sei stata tu. »

« Lo spero. » Poi fece fuoco, centrando Julio al petto. Lui fu sbalzato all'indietro e ricadde sul divano. Si lasciò sfuggire un rantolo e tentò di dire qualcosa ma senza riuscirci.

Gli occhi rimasero aperti anche dopo che il cuore si fu fermato. Erano senza vita e sembravano fissi su Alex.

Lei si scrollò di dosso lo sguardo fastidioso del morto e controllò per un attimo il lavoro svolto. Sollevò la gamba destra del cadavere, issandola sul divano e incrociandola con la sinistra. Raddrizzò il corpo sui cuscini per dargli l'aspetto di una persona addormentata.

Poi fece un passo indietro e osservò di nuovo la scena. Nella testa le apparve il piano.

Poteva funzionare.

63

Alex sentì il suo secondo bersaglio arrancare sulle scale e per il corridoio per almeno venti secondi prima che raggiungesse la porta. Era un quarto d'ora, più o meno, che era seduta in casa insieme al cadavere, quindi fu un sollievo.

Aspettò dietro la porta, la vide spalancarsi e riconobbe subito il braccio tatuato di Willie Perez. Parlava con qualcuno al telefono, in spagnolo.

« Sì, piccola. Lo so. No, non puoi venire, a mio cugino non farebbe piacere. Sì, gli parlerò. »

Alex non aveva bisogno di leggere nel pensiero per capire di cosa parlavano.

Willie gridò qualcosa al cugino sul divano. Da dove si trovava, vedeva soltanto la testa di Julio e la tv accesa.

« Julio! » urlò quando non ricevette risposta.

« Non ti risponderà », disse Alex dietro di lui.

Non riuscì a trattenere un sorriso quando Willie sussultò e si voltò solo per trovarsi la canna di una pistola puntata dritta in faccia.

« Immagino che tu non sia venuta per pagarmi. »

« Credi di esserteli guadagnati? »

Willie guardò la pistola. « È il mio revolver? »

« Sì. »

Mentre con la mano destra continuava a tenere il piccolo revolver puntato contro Willie, con la sinistra Alex gli tastò la cintura. Percepì la sagoma di un'arma e tirò fuori una Taurus 9mm. Appoggiò il revolver sul bancone della cucina e puntò alla testa di Willie la nuova semiautomatica.

Lo fece indietreggiare fino al divano per fargli vedere bene il cugino.

Willie lo fissò senza dire una parola.

«Un colpo di pistola in questo quartiere non richiama l'attenzione», disse Alex. «E comunque dubito che tu piaccia ai vicini abbastanza da convincerli a chiamare la polizia in caso di problemi.»

«Non la passerai liscia.»

«E chi ti vendicherà? La polizia? Saranno solo felici di non averti più tra i piedi.»

Willie scosse la testa. «Ho capito che portavi problemi dalla prima volta che ti ho visto. Chi è che decide di uccidere per guadagnarsi da vivere se ha un aspetto come il tuo? Tu hai qualcosa che non va, ragazza mia.»

«L'opinione di qualcuno che pensa che sia più facile uccidere me del bersaglio per cui l'avevo pagato non m'interessa granché.»

«E come pensavi che avremmo reagito all'omicidio di Cesar in ospedale?»

«È per questo che oggi sono qui. Per far capire bene ai tuoi soci come funziona.»

Willie annuì. «Capisco il tuo punto di vista. Forse abbiamo passato il limite. Forse possiamo trovare un modo per risolverla.»

Per Alex sarebbe stato tutto più facile se lui fosse stato nella posizione giusta prima che lei tirasse il grilletto.

Aveva bisogno che si spostasse un po' più a destra in modo da trovarsi proprio sopra il divano, per un tête-à-tête con il cugino.

Fu quello il suo errore. Non era concentrata sul killer che aveva davanti. Pensava ad altro.

Willie era indietreggiato ed era fermo vicino al tavolino da caffè. «Lascia che ti dica una cosa.» Con un calcio, Willie le spedì il tavolino contro gli stinchi, facendole perdere concentrazione ed equilibrio. La raggiunse con un balzo e le afferrò con forza il polso per farle perdere la mira.

La maggior parte delle persone avrebbe lottato contro quella presa cercando di liberare la mano. Ma Alex era esperta e allenata. Colpì Willie alla coscia con un ginocchio, facendolo indietreggiare.

Lui era forte e non mollò la presa, trascinandosi dietro Alex. Poi inciampò e caddero entrambi sul divano.

Alex si ritrovò tra un uomo morto e uno che voleva ucciderla.

64

Willie continuava a servirsi di tutta la forza che aveva per impedirle di puntare la pistola verso di lui. Alex avrebbe voluto prendere lo stiletto, ma per ora doveva accontentarsi di un pugno.

Lo centrò con un diretto sul pomo d'Adamo. Lui fu costretto ad allentare la presa sul polso a causa dello shock e dell'asfissia. Quindi lei lo colpì al plesso solare, levandogli il fiato che gli restava.

Finalmente Willie si staccò e cercò di alzarsi in piedi.

Fece qualche passo indietro, finendo esattamente dove Alex lo voleva fin dall'inizio. Lei era ancora sopra il cugino morto, la linea era perfetta. Sparò una volta sola e il proiettile entrò praticamente nello stesso punto in cui l'aveva colpito con il pugno.

Lui si portò le mani sopra la ferita, in un vano tentativo di mitigare il dolore e arginare l'emorragia. Fissava Alex come se non riuscisse a credere che si fosse presa una tale libertà in casa sua. Tentava di dire qualcosa mentre ansimava e tossiva. Sangue e saliva schizzavano sul tavolino da caffè.

Alla tv partì di nuovo il jingle di ESPN.

Dopo dieci secondi, che durarono ore, le ginocchia gli cedettero e cadde in avanti.

Finalmente Alex si alzò dal divano e andò a controllargli il polso. Sentì qualche battito debole e poi più nulla.

Rimase in ascolto con attenzione, in attesa di eventuali movimenti nel corridoio o di segnali di allarme da parte dei vicini. Niente, proprio come pensava.

Era stato più difficile di quanto si aspettasse, ma alla fine il risultato era esattamente quello che aveva pianificato. Indossò i guanti di lattice che teneva sempre nella borsa. Una volta un uomo con cui era uscita li aveva visti, ma lei gli aveva detto che la scatolina ovale conteneva il diaframma. Di tutto l'equipaggiamento, i guanti di lattice erano sempre la cosa più facile da nascondere in borsa o in valigia.

Ora era il momento di lasciar emergere tutta la sua meticolosità. Doveva preparare la scena del crimine. Mise in mano a Julio la Taurus semiautomatica. Trovò il bossolo uscito quando aveva sparato a Willie e lo strofinò sul braccio e sulla mano di Julio, poi lo ributtò sul pavimento. Questo li avrebbe fregati nel caso si fossero presi la briga di fare il test della polvere da sparo a un cadavere.

Poi prese il revolver e tolse l'altro bossolo dal cilindro per strofinarlo sulla mano destra di Willie. Dopo lo rimise al suo posto e infilò il revolver tra le dita del morto.

Fece un passo indietro per ammirare il lavoro. I due decessi erano troppo ravvicinati perché il medico legale capisse che c'erano quindici minuti di differenza. Inoltre più tempo i cadaveri fossero rimasti lì, senza essere scoperti, più la situazione sarebbe risultata complessa.

Impiegò un altro minuto per controllare che tutto fosse in ordine e per pulire le superfici che aveva toccato. Poi uscì dall'appartamento in preda a una familiare euforia.

Nessuno l'aveva pagata, ma era stata costretta a gestire una questione di vita o di morte, e l'aveva gestita bene.

Scendendo le scale vide che la donna che aveva aiutato con le borse della spesa era affacciata sulla soglia.

Alex si fermò e aspettò che rientrasse. Poi fece di corsa gli ultimi gradini e uscì dalla porta sul retro senza essere vista da nessuno.

Non vide accorrere macchine della polizia, quindi nessuno si era allarmato per due soli colpi di pistola. Sapeva che gli abitanti di un posto così non amavano avere a che fare con la polizia. Anche se avessero saputo del duplice omicidio probabilmente non avrebbero avuto nulla da ridire.

Camminò sul marciapiede lungo 129th Street. Ora poteva focalizzarsi totalmente su Michael Bennett.

65

Ero seduto alla mia scrivania, negli uffici della Squadra Omicidi di Manhattan Nord, quando ricevetti sul computer la segnalazione di un'indagine per omicidio in corso ad Harlem in 129th Street.

Di solito preferisco tenermi informato sugli omicidi solo per avere un quadro generale di quello che succede in città. Sono già abbastanza indaffarato con i miei, di casi, per correre su ogni scena del crimine.

Ma l'indirizzo mi spinse a dare un'occhiata più approfondita. Era il condominio dove viveva Julio Laza.

Avevo una brutta sensazione.

Arrivai sulla scena un'ora e mezzo dopo, più o meno. Prima ancora che avessi il tempo di identificarmi, vidi Roddy Huerta uscire dall'appartamento. «Va tutto bene. Il vecchio strambo è con me.»

Mi addentrai nell'appartamento con attenzione, evitando i tecnici e i fotografi della Scientifica.

«È avvenuto ieri, a un orario indefinito», disse Roddy. «I vicini sono così abituati ai rumori forti e a uomini che vanno e vengono che non hanno notato niente di strano.»

«Per loro degli spari all'interno del condominio non sono 'niente di strano'?»

«Questi tizi erano spacciatori e bulli. Gli inquilini sono solo sollevati di non doversene più preoccupare.»

Roddy indicò l'interno della stanza. «Il tizio sul pavimento è Willie Perez.» Recuperò sul cellulare una foto segnaletica di Perez. Poi passò a una foto dell'altro uomo. «Quello sul divano invece è...»

«Julio Laza», mormorai.

«Giusto. Come fai a saperlo?»

Guardai il giovane detective, con il suo completo elegante e la reputazione di seguire sempre le procedure alla lettera, al contrario di me. Non avrei mai dovuto stringere un accordo con qualcuno che aveva tentato di spararmi. Mi chiedevo se questa non sarebbe stata l'ultima conversazione che avrei avuto come detective dell'NYPD.

Roddy era arrabbiato, si vedeva, quindi lo condussi fuori dall'appartamento, lontano dai poliziotti al lavoro sulla scena. Mi sedetti sui gradini in fondo al corridoio e lo informai della mia conversazione con Julio e del fatto che erano stati lui e suo cugino a tentare di uccidermi.

Roddy alzò gli occhi al cielo. «Vuoi dirmi che fa tutto parte della tua cospirazione omicida? La donna che nessuno a New York ha visto arrivare dalla Colombia? Ma piantala, Bennett. Secondo me hai già la demenza senile.»

«Mi piacerebbe che fosse così semplice. Ma ho qualche anno di esperienza, Roddy. Ogni tanto faccio una cosa che i manuali non ti insegnano: seguo l'istinto. Forse dovresti provarci.»

«Forse, ma i miei risultati sono buoni e non ho mai avuto un richiamo. Puoi dire lo stesso?»

«Una lettera nel tuo fascicolo personale è così importante? So che sto facendo la cosa giusta.»

«Stringendo un accordo con dei killer? Non è la cosa giusta. Il nostro lavoro è arrestarli, questi stronzi.»

«Il nostro lavoro è proteggere e servire. A me sembra che tu protegga soltanto la tua reputazione.»

«Secondo me stai tirando su un polverone per un semplice omicidio», disse Roddy dopo qualche secondo.

«Senti, Roddy, ho un sacco di ottime ragioni per trovare questa colombiana. Non soltanto per Antrole, o perché ha tentato di ammazzare anche me. Qualcuno ha aggredito mio figlio in prigione e lei potrebbe portarmi dritto a chi ha dato l'ordine.»

«Il tenente Grissom lo sa?»

Non risposi. Non volevo mettere nei guai anche Harry.

Ora Roddy era indignato. «Ma voialtri le capite le procedure? So che ridete di me quando le seguo, ma sono state stabilite per una ragione. Il motivo per cui non effettuiamo più fermi con perquisizioni è perché alcuni poliziotti si sono fatti prendere la mano. Le auto di pattuglia vengono costantemente ispezionate perché alcuni detective trascuravano la manutenzione. E non ci vengono affidati i casi in cui siamo personalmente coinvolti perché il nostro giudizio potrebbe essere alterato, e sarebbe conflitto di interessi.»

Stavo per ribattere, o quanto meno per ignorarlo, quando capii che aveva ragione. E non era facile da digerire.

«Qualunque idiota può scrivere una regola, e tutti gli altri idioti la seguiranno», mormorai.

«E chi lo dice?»

«Henry David Thoreau.» Era una di quelle citazioni che tiravo fuori quando ero in difficoltà, grazie alla mia laurea in filosofia.

«Henry chi?» rispose Roddy.

«A Syracuse non insegnano più filosofia?»

L'occhiataccia di Roddy bastò come risposta.

Sospirai e mi rialzai. «Hai intenzione di comunicare agli Affari Interni che sto aggirando regole e procedure?»

Roddy controllò il corridoio per accertarsi che nessuno fosse abbastanza vicino da sentirci. Ogni secondo che faceva passare prima di rispondere alla domanda, il mio stomaco si stringeva sempre di più.

«Non ancora», rispose alla fine. «Forse possiamo imparare qualcosa entrambi da questo caso.»

66

Ero seduto sul divano e osservavo l'Upper West Side di Manhattan dalla finestra. Mi era difficile credere che Julio e suo cugino fossero morti in seguito a una lite tra loro.

Willie Perez era stato un pessimo soggetto. Il suo fascicolo raccontava che era stato coinvolto in parecchi omicidi, anche se non era mai stato accusato formalmente. Julio Laza non era stato molto meglio. I suoi precedenti erano per traffico di droga, ma non avevo nessun dubbio che anche lui fosse privo di scrupoli.

Adesso non aveva più importanza, erano morti entrambi. Non mi piace essere egoista, ma la conseguenza principale era che non mi erano più di nessun aiuto.

Avevo perso.

Poi Trent entrò nella stanza e si buttò sul divano vicino a me. Trent è un raggio di sole in forma umana. È il più giovane tra i miei figli maschi, il più scuro di tutti, e ha dei luminosi occhi castani. Quando l'abbiamo adottato abbiamo ricevuto pochissime informazioni sulla sua famiglia o sulle circostanze dell'adozione. Aveva solo tre settimane.

Io e Maeve ci siamo innamorati di lui fin dal primo momento.

Ha anche un grande senso dell'umorismo. Più di una volta l'ho visto mettere in fila i fratelli, infilarsi in mezzo a loro e intonare la canzone di *Sesamo apriti*: «*Qui in mezzo c'è un intruso...*»

«Che fai, papà?»

«Niente, tesoro. Mi godo il panorama.»

«C'è qualcosa che non va?»

Gli sorrisi e gli scompigliai i capelli. «No. Cose di lavoro.»

«Ci dici sempre che la famiglia è più importante del lavoro.»

«Ed è così.»

«Be', come famiglia andiamo alla grande.» Mi sorrise e mi porse una verifica di algebra. A me sembrava una lingua sconosciuta, ma ero in grado di capire almeno il commento dell'insegnante in cima al foglio. Sorella Agnes aveva scritto: *Molto bene, Trent Bennett. Dobbiamo trovarti qualcosa di più impegnativo.*

Le suore erano severe e non distribuivano false lodi.

«Fantastico, Trent. Non finisci mai di stupirmi. Mi piace il tuo modo speciale di affrontare i problemi, utilizzando sempre la logica. Saresti un grande filosofo.»

«Ma a me piace la matematica.»

«Potresti essere un filosofo come Pitagora. Anche lui era un matematico.»

«Quello del teorema?»

«Sì, esatto. Non so cosa dica il teorema, ma l'ho sentito nominare un paio di volte.»

«Ha a che fare con i triangoli», mi spiegò Trent. «Il quadrato dell'ipotenusa è uguale alla somma dei quadrati degli altri due lati.»

Mi limitai a guardarlo. Eddie era talmente brillante che ogni tanto mi faceva dimenticare quanto fossero intelligenti anche gli altri. « Ragazzo mio, ho una notizia buona e una cattiva. »

« Qual è quella buona? »

« Ti comprerò quel nuovo guantone da baseball che volevi, e stasera usciamo per una bella cenetta, tutti insieme. »

« Super Tacos? »

« Se proprio vuoi. Viviamo a New York, in mezzo a migliaia di ottimi ristoranti, e tu vuoi andare in un posto che serve tacos. »

« Va bene per te, papà? »

Risi. « Certo che va bene, sei il festeggiato. »

Trent mi rivolse un sorriso timido e chiese: « Okay, e qual è la notizia cattiva? »

« Andrò a fare quattro chiacchiere con sorella Agnes, e ho paura che i tuoi compiti diventeranno molto più difficili. »

Il sorriso di Trent divenne raggiante. « Fatti sotto! » mi rispose.

67

Il cambiamento dei piani per la cena causò un po' di agitazione in casa. Mary Catherine sembrava sollevata di uscire. La presi in disparte per raccontarle la mia conversazione con Trent.

«Che stronzetto.»

«Scusa?»

«Si comporta come se gli interessassero solo lo sport e il baseball, e ci ha nascosto il resto per tutto questo tempo. Lascia che ci concentriamo sulla genialità di Eddie, quando lui non è da meno.»

«Perché ho come l'impressione che vediamo la situazione da due punti di vista completamente diversi?»

«Non fare lo stupido, Michael. Sono entusiasta. È che mi piace pensare di essere la più furba della famiglia. Devo tenerlo d'occhio.»

Non c'è niente di meglio di una fidanzata con un grande senso dell'umorismo, una delle moltissime cose per cui ero grato. Mi fece dimenticare i problemi per qualche istante.

Saremmo andati al Super Tacos a piedi. Si trovava soltanto a pochi isolati, su West 96th Street. Volevo anche buttarci dentro a sorpresa un passaggio al 16 Handles per il dessert. Il loro frozen yogurt piaceva molto a tutta la famiglia.

Dopo aver acchiappato i piccoli e averli preparati per uscire mi accorsi che Juliana era rimasta sul balcone, con lo sguardo imbronciato. Il vento le sferzava i lunghi capelli. Sembrava una modella, e sicuramente ne era consapevole.

Vidi uscire sul balcone anche Mary Catherine e le due si parlarono per un minuto. Alla fine Mary Catherine le mise un braccio sulle spalle e la strinse a sé.

« Tutto bene? » chiesi loro con fare innocente mentre rientravano nel soggiorno.

A quelle parole Juliana scoppiò a piangere e corse a rintanarsi in camera.

Mary Catherine mi fece un cenno e mi disse: « Per una volta, non è colpa tua ».

« Cosa succede? »

« Il ragazzo, Carter, l'ha lasciata. »

« Non avevo capito che fossero una coppia. »

« Neanche lui, pare. Juliana ha scoperto che usciva anche con altre ragazze. Perfino due del cast della serie. »

« Meglio che vada a parlarle. »

« Pensi che sia una buona idea? »

« Sono suo padre. Non ho mai delle buone idee. Ma lo farò lo stesso. »

Bussai piano alla porta della camera da letto di Juliana e Jane.

Sentii un suono ovattato ed entrai nella stanza. Juliana piangeva con il viso schiacciato sul letto. Percepii qualcosa che suonava come « Lasciami in pace ».

Da padre, lo interpretai come un *Siediti sul letto e parla un po' con me, papà.*

Dopo che mi fui seduto in silenzio sul fondo del letto, Juliana si voltò e mi guardò.

«Mi sa che su Carter avevi ragione tu.»

«No, tesoro, non avevo ragione. Ero preoccupato che fosse troppo maturo per te, ma ha dato prova di non esserlo abbastanza. Spero solo che tu sappia che meriti un ragazzo migliore di lui.»

Si mise a sedere sul letto, vicino a me, e mi appoggiò la testa sulla spalla.

«Fa tanto male. Ci credevo.»

«Lo so. Lui invece è stato troppo stupido per crederci.» La abbracciai e le asciugai una lacrima dalla guancia. «So che sembrano frasi fatte, cose che ogni padre direbbe. Ma sei bellissima, e intelligente, e potrai scegliere tra tutti gli uomini della città. E avrai sempre questo, di uomo, che ti amerà qualunque cosa accada.»

Lei mi strinse. «Grazie, papà», mormorò.

«Che ne dici di venire con noi al Super Tacos? Decidi tu, nessuno ti costringe.»

«Ho sentito che Trent è una specie di cervellone, come Eddie», rispose lei tirando su col naso. «Non posso perdermi i festeggiamenti. Mi date qualche minuto?»

«Tutto il tempo che ti serve, tesoro.»

La baciai sulla testa e in qualche strano modo fui io a sentirmi meglio.

68

La task force che avevo messo insieme ad hoc per gli omicidi cominciava ad attirare l'attenzione. Mentre aggiornavo i ragazzi della Scientifica e alcuni dei detective coinvolti vidi Alice Witcroft, degli Affari Interni, che si accomodava su una delle sedie in fondo alla sala conferenze.

Roddy Huerta aveva tenuto fede alla parola data e non aveva raccontato a nessuno del mio accordo con Julio Laza subito prima del suo omicidio. Era seduto e prendeva appunti, come al solito in giacca e cravatta.

Dovetti riconoscerglielo: non mi guardò male quando parlai degli omicidi evitando di menzionare Julio e il cugino, Willie Perez. Naturalmente non avevamo prove che i due dominicani fossero stati ammazzati proprio dal nostro sospettato. Ma io ne ero convinto.

Cassie Max fu la prima a prendere la parola quando chiesi se c'erano novità.

«Non ho fatto altro che guardare e riguardare i video delle telecamere di sorveglianza della zona in cui sono avvenuti i miei due omicidi. Ho un paio di fermoimmagine che mostrano una donna dai lunghi capelli castani, un metro e settanta circa, con qualcosa a tracolla che non sembra una borsa, ma non si vede il volto.»

Cassie porse agli altri le foto tratte dai video. Era esattamente come aveva detto lei.

« Ho una donna che le somiglia in una ripresa all'uscita dell'hotel di East Harlem », disse Roddy.

« Si vede il viso? »

« No, soltanto capelli lunghi, belle gambe e tacchi alti. L'avevo esclusa la prima volta che l'ho vista. Poi, dopo le nuove informazioni, mi sono subito concentrato su di lei. »

« Credo che a tracolla abbia una macchina fotografica », intervenne uno dei tecnici della Scientifica, un uomo grassoccio di nome Harry.

« Come lo sai? » chiesi.

« Perché ne porto una anch'io a tracolla per quasi tutta la giornata. Neanche me ne accorgo più. »

Ora, con quella nuova idea in mente, la vidi anch'io. « Ha proprio l'aria di una macchina fotografica. »

« Credi che faccia fotografie e le conservi come trofei? » domandò Cassie Max.

« O magari la usa come copertura », le risposi.

La riunione si sciolse, avevamo tutti da fare.

Volevo sgattaiolare fuori dalla sala conferenze evitando Alice Witcroft. Non avevo nulla contro di lei dal punto di vista personale: avevo solo la sensazione che fosse sempre meglio non avere a che fare con gli Affari Interni.

Ma quella donna di cinquant'anni, alta e in forma, bloccò quasi fisicamente la porta per impedirmi di uscire. « Andiamo, Bennett, pensavi davvero di potermi evitare così facilmente? » mi chiese con un sorriso.

« Pensavo di provarci, se non altro. » Incrociai il suo sguardo. Sicuramente più di un poliziotto era crollato davanti a quegli intelligenti occhi blu. « Cosa ci fai qui, Alice? »

«Gli Affari Interni vogliono assicurarsi che uno dei più famosi detective del dipartimento non si avvicini troppo a un certo caso.»

«Sto solo dando una mano con una serie di delitti. Tecnicamente, non sono a capo di nessuna indagine per omicidio.»

«Da quello che ho capito, sei convinto che gli omicidi di questi canadesi siano collegati alla morte del tuo partner, Antrole Martens. Ho capito bene?»

Negare non aveva senso. Ma non ero neanche costretto ad ammettere qualcosa. «Può essere, ma non abbiamo granché ancora.»

«Senti, Mike, ho capito. L'opinione pubblica tende a sottovalutare la morte di un poliziotto. Ricordano il nome di ogni merda vittima di un agente nel cuore della notte, ma a parte qualche titolo di giornale e il funerale di Stato nessuno ricorda quelli dei poliziotti caduti mentre facevano il loro dovere. Nessuno a parte gli altri poliziotti.

«Gli Affari Interni sono ancora gestiti da poliziotti, anche se non ci credi. Non voglio metterti i bastoni tra le ruote ma non voglio nemmeno vederti prendere una cattiva strada.»

«Da quando gli Affari Interni si preoccupano così tanto per la mia sicurezza?»

«Da quando il *Post* ti ha definito il miglior detective della storia della città.»

«Quindi è più che altro una questione di pr, non il desiderio di dare la caccia a un assassino di poliziotti.»

«Perché non può essere entrambe le cose?» mi rispose con lucidità l'agente degli Affari Interni.

69

Alex Martinez terminò la conversazione con le due figlie, una telefonata su una linea disturbata. La chiacchierata quotidiana con Gabriela e Clemency le faceva sentire ancora di più la mancanza di casa. Il fatto che la madre la chiamasse anche lei ogni giorno per farla sentire in colpa per non essere ancora tornata da New York non aiutava.

Era seduta davanti al computer in un caffè a pochi isolati da Times Square. Prendeva appunti da articoli e post che parlavano del detective Michael Bennett.

Di solito quella era la parte del lavoro che preferiva, ma ora pensava solo alle sue figlie e ai suoi cavalli.

Mentre leggeva l'ennesimo articolo sul coinvolgimento di Bennett nel famoso caso degli ostaggi al funerale della First Lady, il telefono vibrò. Erano in pochi ad avere quel numero. Per un momento fu terrorizzata al pensiero che qualcosa non andasse a casa, nonostante avesse appena finito di parlare con le ragazze.

Riconobbe il numero del suo poliziotto, Tom McLaughlin. Lasciò partire la segreteria. Per quanto Tom fosse dolce e divertente, lei aveva un lavoro da svolgere e voleva farlo il prima possibile.

Continuava a non trovare foto o informazioni su nessuno dei figli di Bennett. Non avrebbe mai fatto del male ai bambini, ma erano il punto debole del detective. Forse poteva usarne uno come esca. Ormai non le importava più niente, voleva solo portare a termine l'incarico che lo riguardava.

Decise di partire con la sorveglianza seria e questo significava che aveva bisogno di noleggiare un'auto. Il primo posto che decise di tenere d'occhio fu il suo ufficio, tra Broadway e 133rd Street.

A meno di non saperlo prima, nessuno avrebbe mai detto che quell'edificio ospitava le forze dell'ordine. Vicino ai marciapiedi intorno e sotto alle rotaie della sopraelevata erano parcheggiate parecchie Chevrolet Impala e Ford Crown Victoria, ma l'edificio non aveva insegne e sembrava innocuo.

Alex stava sbirciando dal finestrino aperto quando un colpetto sul bagagliaio dell'auto la fece trasalire. Guardò nello specchietto retrovisore e vide una donna nera molto alta, un'agente addetta al traffico, che si dirigeva verso di lei.

« Mi scusi. Devo spostare l'auto? » le chiese Alex con un sorriso.

La donna le rivolse uno sguardo severo. « Troppo tardi. È segnalato con chiarezza che qui non si può né fermarsi né sostare. » Tirò fuori il blocchetto e cominciò a scrivere.

« Ma sono qui in macchina, non sono mai scesa. Ho solo accostato un attimo per cercare il telefono », rispose Alex.

« L'ho vista seduta qui per più di sei minuti. Sei minuti in cui ha infranto la legge. Un tempo davvero lungo per cercare un telefono. Con me le moine non funzionano. » L'agente si spostò sul retro del veicolo e vide l'adesivo dell'autonoleggio. « Da dove viene, signorina? »

« Philly », rispose Alex senza esitazione.

«Non so se a Philadelphia facciano rispettare la legge, ma qui a New York sì.» Scrisse qualcos'altro sul taccuino, poi proseguì con la lezione. «Se non presta attenzione ai segnali prende la multa. Semplicissimo.»

Ad Alex la situazione non piaceva: non poteva permettersi di essere schedata così facilmente. Aveva la pistola infilata accanto al sedile, pronta all'uso. Se la portava sempre dietro in auto.

Ma era preparata a casi come questo.

L'agente del traffico le stava chiedendo la patente.

Alex sospirò e afferrò il portafogli nella borsa. Tirò fuori una patente della Pennsylvania valida, con il nome MICHELLE PAGAN, e gliela consegnò.

Era una patente vera, tranne che per la foto. L'aveva pagata duemilaseicento dollari e ora era bruciata. Avrebbe dovuto buttarla non appena fosse riuscita a liberarsi di quella poliziotta zelante. Molto male. Aveva appena cominciato a costruirsi con cura quell'identità.

Dopo che la donna ebbe finito di compilare la multa, Alex vide Michael Bennett uscire dall'ingresso insieme a un altro uomo, alto quasi quanto Bennett, con i baffi alla moda degli anni Ottanta. Doveva essere un altro poliziotto.

Alex doveva muoversi. Sentì salire l'ansia.

Fece attenzione a prendere la multa dalle mani dell'agente con gentilezza. Non aveva nessuna intenzione di provocarla.

Firmò con il nome falso, poi si allontanò nel traffico con la macchina a noleggio. Riusciva ancora a intravedere l'Impala di Bennett poco più avanti e rientrò subito in modalità sorveglianza.

70

Non impazzivo all'idea di incontrare un'altra volta il regolatore. Avevo capito che aveva una certa reputazione: voleva apparire eccentrico, bizzarro, quello di cui tutti si potevano fidare, ma rimaneva comunque coinvolto nel traffico di droga. I suoi discorsi sul tenere a freno la violenza per fare tutti felici non contavano, perché campava anche lui sulla miseria degli altri.

Il sergente Tim Marcia aveva combinato un altro incontro. Dovevamo ottenere più informazioni, perché l'ultima traccia che ci aveva dato era letteralmente a un punto morto. Con Julio Laza fuori dai giochi non sapevo dove sbattere la testa.

Ci incontrammo nell'atrio dell'Aloft Hotel, poco più a sud del nostro ufficio. Il bar, incastonato vicino all'ingresso laterale, era vuoto, così ci sedemmo dove nessuno avrebbe potuto sentirci. La cameriera giovane e magra portò una Coca-Cola per me e un bicchiere di scotch per John, il regolatore.

Oggi John era più presentabile: indossava una camicia a quadri a maniche lunghe e un cravattino texano. I lunghi capelli striati d'argento erano legati in una severa coda di cavallo e la donna bellissima che avevano mandato a sorvegliarlo l'altra volta non era in vista. Non feci domande.

Insistette per pagare il suo drink, e riuscii a leggere il nome Johann sulla carta American Express. Anche qui, non chiesi nulla.

« Ho sentito cosa è successo ai dominicani di cui ti avevo parlato », disse. « Hai qualcosa a che fare con la loro morte? »

« Niente. »

« Sai anche tu che nessuno, della loro banda o meno, crede che si siano sparati a vicenda durante un litigio. »

« Neanche io ci credo. »

« L'intera banda è terrorizzata. Chiunque sia la persona a cui hanno pestato i piedi, è qualcuno con cui è meglio non scherzare. »

« Speravo che tu potessi indicarmi un'altra traccia o darmi altre informazioni utili. »

John scosse la testa. « È stata già una fortuna avere quei nomi. La situazione in questo momento è strana, con questa sgradevole faccenda tra i messicani e i canadesi. »

« Quindi non hai idea del perché vogliano uccidermi? »

« La domanda è: cosa li ha portati a te? Cosa ti collega al cartello messicano? »

Pensai a tutto quello che era successo di recente. Brian era stato arrestato. Io ero stato costretto a sparare a un sicario adolescente di nome Diego nella biblioteca della Columbia. E poi c'era l'uomo che aveva coinvolto Brian nel giro.

Schioccai le dita.

« C'è sempre un momento in cui le cose diventano chiare », commentò John. « Di cosa ti sei ricordato, amico? »

« Caracortada. »

Questa volta fu il sergente Marcia a intervenire. «Il tizio che abbiamo arrestato in mutande? Cosa significa?»

«Scarface», disse il regolatore.

«È uno degli spacciatori del cartello. L'ho arrestato qualche mese fa e adesso si trova a Rikers Island.»

«Magari lui può aiutarti», disse John dopo un sorso di scotch.

71

Alex Martinez vide Bennett accostare davanti all'Aloft Hotel. Si infilò con l'auto in un parcheggio a pagamento e lo seguì nella hall dove era entrato con l'altro poliziotto. Alex era già stata lì. Si diresse senza esitazioni verso il bar e quasi si scontrò con Bennett e l'altro detective, seduti a un tavolo nascosto dietro il bancone. C'era qualcosa di familiare nell'uomo che stavano incontrando.

Alex prese la macchina fotografica e scattò qualche foto nella hall, come se ne stesse documentando l'architettura.

Una bimba in un delizioso vestitino blu le sorrise e le fece un timido cenno di saluto. Alex ricambiò il saluto e si inginocchiò, per mostrare meglio alla bambina la macchina fotografica.

«Non infastidire la signorina, Susanna», intervenne la madre.

«No, no, è così carina», rispose Alex. «Ho nostalgia delle mie due bimbe, quindi mi fa piacere conoscere una ragazzina simpatica.»

Era vero che le figlie le mancavano, ma era anche un'ottima copertura. Nessuno avrebbe sospettato di lei vedendola inginocchiata nella hall a chiacchierare con una bambina.

Alex colse l'opportunità anche per scattare rapidamente una foto a Bennett e all'uomo che aveva incontrato al bar, un uomo anziano con i capelli lunghi e grigi.

Poi Alex si ricordò chi era: Johann Batterberg. Si faceva chiamare John e proclamava di essere una sorta di negoziatore all'interno del mondo della droga. Una volta l'aveva sentito soprannominare «l'uomo che sussurra alle droghe». Faceva da mediatore tra gang rivali per evitare la violenza non necessaria.

Capì che Bennett era al lavoro per trovare il mandante dell'aggressione che aveva subito. Doveva aver dedotto che si trattava di qualcuno che operava nel traffico di droga. Dimostrava di essere un detective intelligente.

Interessante che stesse parlando con il regolatore. Nonostante l'austriaco fosse coinvolto in molte piccole negoziazioni, i grandi cartelli tendevano a ignorarlo completamente. Non credevano che qualcun altro, oltre a loro, fosse in grado di esercitare potere in quel mondo. Si chiedeva che genere di informazioni Johann potesse fornire a Bennett.

All'improvviso la situazione diventava molto interessante. Doveva sbrigarsi a eliminare Bennett, prima che lui scoprisse qualcosa.

Quando il gruppetto si sciolse lei era già in auto, pronta. Guardò Bennett e l'altro poliziotto infilarsi nel traffico.

72

Non mi portai dietro il sergente Marcia a Rikers Island. Mi vergognavo un po' di non avere colto subito un collegamento ovvio come Caracortada. Il suo vero nome era Albert Stass, era nato in Uruguay e poi era cresciuto in Messico. Lo avevo incontrato raramente, nonostante facessi parte della squadra che l'aveva arrestato e avessi partecipato alle prime udienze.

Ma questo non significava che non sapessi tutto di lui. Mi aveva rovinato la vita, in un certo senso. Aveva messo in piedi una rete di studenti delle superiori che spacciavano ecstasy e metanfetamine. Il cartello messicano considerava le droghe sintetiche il passo successivo del proprio business.

Sfortunatamente mio figlio Brian era uno dei ragazzi plagiati da Stass. Si iniziava così. Poi si arrivava al terrore, per tenere i ragazzi sotto controllo. Mio figlio alla fine era così spaventato che era andato in prigione senza rivelare nessuna informazione.

Ora quel verme era il collegamento con chi mi stava addosso, e parlare con lui avrebbe potuto anche darmi qualche idea sui chi avesse ordinato l'aggressione a mio figlio in carcere.

Il tenente carcerario Vinnie Mintus, un amico, mi accompagnò in una speciale stanza per gli interrogatori dove mi aspettava Stass. Prima di entrare fui costretto a calmarmi, perché l'idea di trovarmi davanti a Stass mi faceva venire voglia di commettere a mia volta un crimine.

Quando fui pronto entrai e mi sedetti su una rigida sedia di metallo di fronte a un tavolo di legno tutto graffiato. Albert Stass era sulla quarantina e aveva una cicatrice piuttosto vistosa sulla faccia. A parte questo, nessun altro segno particolare.

Lui mi restituì lo sguardo con vuoti occhi castani.

«Sai chi sono?» gli domandai.

«Sì.»

«Sai perché sono qui a parlare con te?»

«Non mi interessa, tanto non dico un cazzo.»

Feci uno sforzo per trattenermi e mi voltai a guardare il mio amico, che lavorava tutti i giorni a Rikers Island.

«Parlando con noi, potresti aiutare anche te stesso», disse il tenente Mintus.

«Per queste cose c'è il mio avvocato. Non ho niente da dirvi.»

«Sto pensando all'accusa di aggressione che potresti ricevere per aver picchiato quel tizio nel refettorio la settimana scorsa», disse il tenente Mintus con un sorriso.

«Intendi quel teppista nero? Gli ho solo dato una spinta.»

«Spinta o tentativo di soffocamento, chi può dirlo?» Il tenente gli sorrideva in un modo che metteva i brividi perfino a me. «Sai come funzionano le cose qui. Potresti rimanere in isolamento e in regime di sicurezza fino al processo.»

«Non sarebbe giusto.»

«Ed è giusto reclutare ragazzini per lo spaccio?» domandai.

«Non ci sono prove.»

Il mio amico tenente riprese in mano la conversazione. «Basta cazzate. Se vuoi evitare altre accuse ascolta le domande del detective Bennett. Non c'è bisogno che te ne freghi qualcosa.»

Stass rifletté qualche secondo, poi mi guardò senza troppo interesse. «Forza.»

«Chi ha pagato per il mio omicidio? E perché?»

«So solo quello che si dice in giro. Non posso ripeterlo in tribunale.»

«Nessuno saprà mai che ci siamo parlati.»

Rimase zitto ancora per un po'. «La madre del ragazzo che hai ammazzato in biblioteca», disse alla fine. «Diego Qualcosa. È lei che ha fatto pressione sul cartello. Ho sentito dire che hanno addirittura assoldato un sicario di Bogotá. Aveva il compito di occuparsi di alcuni canadesi e anche di te. Da quello che mi hanno detto, è in gamba. Potresti non vivere abbastanza per riferire questa conversazione.» Sogghignò, mostrando denti storti e ingialliti.

Gli feci altre domande, ma Stass non sapeva nient'altro di utile. Almeno avevo individuato un collegamento tra i casi: era già qualcosa. Ora dovevamo capire come trovare la donna colombiana colpevole degli omicidi.

Era questa la parte più difficile, tutte le volte: prendere il killer.

73

L'incontro con Albert Stass mi aveva scosso. Avevo fantasticato di vendicarmi su di lui molto spesso in questi mesi. La vendetta non faceva parte della mia educazione o degli insegnamenti della Chiesa cattolica. Non era neanche il mio modus operandi sul lavoro. Ma ancora sognavo di ammazzarlo, quello stronzo, e la cosa mi spaventava.

Dovevo schiarirmi le idee, tornare coi piedi per terra. Avevo bisogno della mia famiglia. Alcuni uomini si rifugiano nell'alcol, alcuni nella droga; io nei momenti duri mi rifugiavo in lei.

Mi diressi senza esitazioni verso Brooklyn. Erano parecchi giorni che non facevo un salto sul set della serie di Juliana. Anche solo vedere lei mi avrebbe fatto sentire meglio.

Quando parcheggiai davanti all'anonimo magazzino di Brooklyn Heights, vicino all'East River, la prima persona che vidi fu proprio Juliana. Era in piedi fuori dall'ingresso e parlava al telefono.

Quando la raggiunsi, lei coprì con una mano il microfono. « Dentro prende da schifo. E poi così respiro un po' d'aria fresca e mi libero di Carter per qualche minuto. »

Aspettai che terminasse la telefonata. Stava tentando di iscriversi a un corso di recitazione a Greenwich Village.

Riagganciò, mise il telefono nella borsa e mi abbracciò. «Come mai da queste parti?»

Scrollai le spalle. «Avevo bisogno di vedere qualcuno dei miei figli. Ed ero curioso di sapere come sta andando sul set.»

«Cioè sei curioso di sapere come me la cavo con Carter dopo che mi ha scaricato.»

«Sono più curioso di sapere se vuoi che me ne occupi io.» Le sorrisi, per farle capire che stavo scherzando.

«Non voglio più neanche pensare a quel coglione.»

Mi faceva piacere vedere che la rabbia aveva preso il posto della tristezza: era un percorso naturale dopo una rottura.

In quel preciso istante la porta si aprì e Carter sporse fuori la testa. «Dai, Jules, non fare così.» Poi mi vide e tacque.

«Così come?» gli chiesi.

Tornò dentro senza dire una parola.

Juliana rise, illuminandomi la giornata.

«Cosa girate oggi?» le chiesi.

«Alcune scene con la 'star' della serie.»

Mi piacque il modo in cui aveva messo le virgolette alla parola «star». Si trattava di un'attrice più esperta di cui non conoscevo il nome.

«Questa settimana devo fare tre interviste», continuò Juliana.

«Ottimo. Potrei venire a distrarti durante un'intervista. Per temprarti.»

Sorrise. «Grazie per l'interesse, papà.»

«Onestamente non ce n'è bisogno. Sembra che tu abbia tutto sotto controllo.»

Lei mi abbracciò di nuovo.

«Sono venuto qui per me, non solo per te. Non devi ringraziarmi.»

«Allora ti dirò soltanto che sei un papà fantastico.»

74

Per Alex Martinez fu difficile tenere il passo di Bennett dopo che ebbero lasciato Rikers Island. Pedinare qualcuno non era semplice, soprattutto da soli. Ma lei adorava questa parte del lavoro.

Era completamente sola. Non aveva voluto coinvolgere nessun altro. La gang dominicana era stata un esempio perfetto dei problemi che si presentano assoldando manodopera locale. Non avrebbe ripetuto quell'errore.

Mentre pedinava Bennett, Alex prese in considerazione di risolvere la faccenda semplicemente sparandogli dall'automobile. Ma doveva fare tutto per bene e controllare con attenzione che non ci fossero testimoni o telecamere di sicurezza. Meglio elaborare un piano e attenervisi. Era quello che le veniva meglio.

Le ricerche online le avevano fornito poche informazioni personali su Bennett, tra cui l'adozione dei dieci figli. Non aveva ancora trovato nessuna foto di quei ragazzi.

Si trovava a circa sei macchine di distanza quando Bennett imboccò il ponte di Brooklyn e attraversò l'East River. Qualche isolato dopo, a Brooklyn Heights, Alex vide l'Impala infilarsi in un parcheggio di fronte a un magazzino.

Per un momento si chiese se quello potesse essere il

momento giusto. Poteva avvicinarglisi con l'auto mentre attraversava il parcheggio. Ma poi si ricordò di come avesse reagito velocemente contro i dominicani. Anche loro avevano provato una tattica simile e non aveva funzionato.

Per ogni evenienza, Alex prese la semiautomatica dalla borsetta e la fece scivolare nel solito posto vicino al sedile del guidatore. Tenne la mano destra sul calcio.

Abbassò il finestrino per essere pronta nel caso si fosse presentata l'opportunità.

Bennett attraversò la strada di fronte a lei e venne salutato da qualcuno che si trovava davanti all'edificio.

Alex passò lentamente con la macchina e lo vide parlare con una ragazza in piedi davanti alla porta. Era alta e molto carina, con i capelli lunghi e scuri. La ragazza finì una telefonata e lo abbracciò velocemente.

Alex si ricordò che una delle ragazze adottate da Bennett si chiamava Juliana e doveva avere più o meno diciotto anni. Era lei, ci avrebbe scommesso. Sembrava che la maggiore delle figlie di Bennett avesse trovato lavoro in qualche produzione televisiva.

Ora Alex aveva una pista su uno dei figli.

L'interazione tra padre e figlia fu dolce. Bennett era un brav'uomo, in fondo. Ma la sua professione non le concedeva il lusso di rifiutare i contratti quando il bersaglio si rivelava una brava persona. A volte bisognava semplicemente fare il proprio lavoro.

75

Vicino a Columbus Circle Alex trovò un bar dall'aria ricercata con il Wi-Fi. Avrebbe potuto continuare a pedinare Bennett, ma ora sapeva esattamente cosa cercare.

Dovette scoraggiare il ragazzo che lavorava al bancone che le ronzava intorno con l'intenzione di flirtare. Non appena lui le chiese di dov'era, Alex gli rivolse un perfetto sguardo truce da colombiana, terrorizzandolo.

Aveva fatto un giro di controllo attorno al magazzino quando aveva visto Bennett salutare la ragazza. Un cartello su una delle porte diceva che si trattava del set di una serie tv intitolata *Century's End*. Una veloce ricerca nel database di IMDb le confermò che si trattava di una serie in produzione e che sarebbe uscita l'anno successivo.

Una storia ambientata alla fine degli anni Novanta che racconta di un gruppo di giovani alle prese con le grandi decisioni della vita mentre il nuovo millennio si avvicina, diceva la scheda.

Non sembrava promettente, ma poteva funzionare se sceneggiatura e recitazione erano buone.

La pagina citava il regista, uno dei produttori e sei attori della serie. Una delle foto ritraeva la ragazza che aveva visto lei, menzionata come Jules Baez, nel ruolo di Noreen Harwood. Cercò informazioni su Jules Baez su vari database, ma ne trovò pochissime. Aveva ricevuto la tessera della Screen Actors Guild solo di recente: interessante.

Poi scovò un vecchio articolo che parlava di *Century's End* su un altro sito, una newsletter pettegola per addetti ai lavori. Alex scorse la newsletter e trovò un breve riassunto della serie che citava l'attrice scelta per interpretare Noreen Harwood come Juliana Bennett.

Eccellente.

Per Alex scoperte così erano importanti quasi quanto il colpo stesso. Chiunque può puntare una pistola, ma solo i veri professionisti scavano a fondo e rimangono vivi per godersi i frutti del lavoro.

Nella sezione della scheda IMDb dedicata all'agenzia, c'era scritto che Jules Baez non era rappresentata da nessuno. Quella era una delle debolezze degli attori: sbavavano per un bravo agente.

Le venne una grande idea.

Forse l'indomani ci sarebbe stata una svolta.

76

Non so se fosse lo stress di essere nel mirino di qualcuno, la preoccupazione per Brian all'ospedale, o una qualsiasi delle altre piccole cose di cui un padre deve occuparsi; sta di fatto che al risveglio non mi sentii per nulla riposato. Mi ero girato e rigirato nel letto per tutta la notte e ora ne subivo le conseguenze.

Con le indagini eravamo a un punto morto. Non avevamo ancora una foto chiara dell'assassina o altro che potesse identificarla. Roddy Huerta aveva dato prova di essere un detective migliore di quanto pensassi. Inoltre non aveva spifferato a nessuno che avevo assoldato Julio Laza come spia subito prima del suo omicidio. Era chiaro di che pasta fosse fatto.

Cassie Max era il solito vortice di energia. Tutte le sere alle undici mi mandava una mail per aggiornarmi sui progressi. Io non ero mai stato così metodico, neanche alla sua età.

Quella mattina mi presi un po' di tempo libero per occuparmi della mia famiglia. Per prima cosa avevo in programma di andare alla Holy Name per parlare di Trent con sorella Agnes. Pensavo di aggiungerci anche un salto dal nonno. Se mi avanzava tempo volevo tornare a Brooklyn da Juliana: sapevo che la rottura le bruciava ancora.

Mentre andavo verso l'auto di pattuglia, parcheggiata

nel garage dall'altra parte della strada, feci più attenzione del solito ai pedoni e alle macchine che passavano. Non era paranoia: avevo le mie ragioni.

Provai a variare la mia solita routine nel caso qualcuno mi sorvegliasse. Diedi due dollari a Mitch, il senzatetto seduto sempre vicino all'ingresso del garage, prima di entrare, anziché allungarglieli come al solito dal finestrino.

Mi fermai ad attaccare bottone con lui, che era un veterano della guerra in Vietnam sui settant'anni. «Mitch, hai visto qualcuno di strano aggirarsi qui attorno?»

«Devi darmi più dettagli. Siamo a New York. Sono tutti strani», disse con la sua voce profonda e roca.

«Qualche donna che non avevi mai visto prima?»

«Strano che lo chieda a me. Io vedo tutti, ma sono in pochi a vedermi. Apprezzo che tu ti sia preso la briga di rivolgerti a me, tu non mi ignori mai.»

«Quindi? Hai visto qualcuno?»

«Qualcuno che faceva cosa?»

«Continua così», gli dissi dandogli una pacca sulla spalla.

Era ora di andare alla Holy Name e assicurarmi che a Trent non assegnassero più compiti di matematica così facili. Ridacchiai al pensiero, come un cattivo dei film Disney.

77

Entrai alla Holy Name dal portone principale e trovai subito sorella Agnes nel suo ufficio. Era impegnata a correggere i compiti a una scrivania dall'aria comoda, seduta in equilibrio su una palla da yoga blu.

L'NYPD aveva provato nel tempo vari tipi di sedie e scrivanie per prevenire i problemi alla schiena e alla postura che derivano da un impiego sedentario, ma non ero un grande fan delle sedute faticose. Facevo già un sacco di attività fisica sul lavoro, forse anche troppa.

Per essere una suora, sorella Agnes era vestita in modo casual con gonna e maglietta nere. Aveva quarant'anni ma ne dimostrava di meno, insegnava matematica avanzata e in più allenava la squadra femminile di basket.

Era più tosta di tutti i poliziotti che conoscevo. Gli occhi castani erano in grado di annichilirti se avevi commesso un errore. Mi aveva rivolto quello sguardo un paio di volte negli anni, la prima quando mi ero permesso di suggerire meno compiti a casa e più ricreazione. Più di recente, c'erano stati tre giorni di fila in cui tutta la famiglia era arrivata in ritardo. Ero andato da lei pensando che solo una completa ammissione di colpa mi avrebbe salvato.

Invece lei mi aveva rivolto il suo famoso sguardo. « Ora ho capito quanta influenza ha avuto sulla sua vita padre Seamus », aveva detto. « Vediamo se riusciamo a risolvere il problema. Non si smette mai di essere studenti, qui alla Holy Name.»

Quando comparvi sulla soglia alzò lo sguardo dai compiti. «Ah, signor Bennett. Sapevo che il mio piccolo appunto sul compito di Trent le avrebbe fatto venire subito voglia di una chiacchierata.»

«Poteva semplicemente convocarmi per un colloquio.»

«Basandomi sul modo in cui lei fa sgattaiolare dentro i bambini quando sono in ritardo e sul comportamento di suo nonno, ho pensato fosse meglio utilizzare un sotterfugio. La consideri una bonaria presa in giro da parte mia.»

Mi piacque.

Mi fece cenno di sedermi e raddrizzò la schiena. Vidi i muscoli degli avambracci e mi chiesi come se la cavasse col sollevamento pesi.

«Volevo parlare con lei della possibilità di spostare Trent in un corso di matematica più avanzato. Mi chiedevo anche se non fosse il caso di inserirlo, insieme a Eddie, in un corso speciale di informatica che stiamo progettando con la Columbia University.»

Mi limitai a fissarla, senza capire. Le informazioni che avevo ricevuto e la richiesta che mi era stata avanzata mi avevano sinceramente sopraffatto. Voleva che i miei figli partecipassero a un corso insieme agli studenti della Columbia? Ai miei occhi erano due bambini.

«Certo, ovviamente», riuscii a mormorare in qualche modo. «Se ritiene sia meglio per loro. Non mi ero accorto che Trent fosse così bravo con i computer.»

«Eddie è chiaramente un mago con tutto quello che ha

a che fare con i sistemi Windows e Linux. Abbiamo capito che il nostro laboratorio di informatica non gli basta più. Ma è l'abilità matematica di Trent che crediamo potrebbe migliorare ulteriormente con questo corso. Ed è noto che informatica e matematica sono strettamente collegate.»

«Sembra fantastico. Posso fare qualcosa?»

«Ci saranno dei dettagli finanziari, dei costi, ma niente di troppo pesante. Se avrete bisogno di sostegno, sappiate che la Chiesa considera la situazione abbastanza importante da giustificare un intervento.»

«Grazie, ma credo che sarò in grado di provvedere da solo. Oltre a questo, c'è altro che posso fare?»

Lei esitò, cosa insolita per sorella Agnes. «Forse sarebbe meglio se suo nonno non lo venisse a sapere. A volte tende a interessarsi troppo agli studi dei nipoti. Non credo che ammetterebbe mai di non essere aggiornato sulle nuove tecnologie e so che si preoccuperebbe che stiamo sovraccaricando i ragazzi. Ogni tanto mi sembra che voglia trattenerli qui, per poterli vedere tutti i giorni a scuola.»

Sorrisi, perché aveva ragione e perché a quanto pareva Trent non era l'unico a celare le proprie abilità. Sorella Agnes era furba, e capiva il non detto dei rapporti familiari più di quanto credessi.

«Parlerò con Seamus», le risposi.

78

Dalla scuola tagliai attraverso il cortile ben tenuto per raggiungere l'edificio dell'amministrazione. Ero raggiante. Quale padre non vorrebbe sentirsi dire che non uno, ma ben due dei suoi figli sono particolarmente dotati? E in materie così difficili, per di più!

Ovviamente non ero stato io ad aiutarli con i computer o con la matematica mentre crescevano. Avrei potuto parlare per ore dei filosofi e del loro contributo alla società, dall'antica Grecia alla nascita degli Stati Uniti, ma la tecnologia e i calcoli non erano il mio forte.

La Holy Name faceva parte della mia vita da così tanto tempo che qualche volta consideravo la sua esistenza una grazia. Lì c'era la scuola che i miei figli frequentavano, lì andavamo a messa ogni domenica e la stessa chiesa aveva accolto mio nonno, dandogli uno scopo per il tempo che gli restava da vivere. L'idea di avere Seamus a casa con noi, un ex proprietario di bar senza uno scopo nella vita, era un incubo.

Dio solo sa cosa gli era scattato. Era sempre stato un grande organizzatore, un talento che la Chiesa metteva a frutto. Avrebbe potuto altrettanto facilmente organizzare un giro di scommesse, o qualche altra attività semi-illegale, causandomi una serie infinita di problemi.

Sorella Agnes mi aveva dimostrato quanto sia lei sia la

scuola tenessero ai miei figli e alla loro istruzione. Dire che stavano facendo ben più del dovuto era un eufemismo. L'unica cosa che mi chiedevano in cambio era di tenere Seamus al suo posto e in ogni caso fuori dai piani scolastici di Eddie e Trent.

Entrai nel suo ufficio, pulito e organizzato, sperando di trovarlo in buona salute e impegnato in qualche lavoro utile. Potevo gestire la situazione in due modi: mentirgli, oppure intimargli di farsi gli affari suoi.

Lo trovai seduto a sorseggiare un caffè. Alzò gli occhi per guardarmi. «Che cosa ci fai qui, Michael?»

«Ho appena fatto un'interessante chiacchierata con sorella Agnes.»

«Di cosa voleva parlarti quella snob da Ivy League?»

«Perché la chiami così?» Di solito il nonno non era un tipo maligno.

«Ha una laurea in matematica o qualcosa del genere ad Harvard, e pensa che io non debba intromettermi negli affari della scuola.»

«Infatti non devi. Tu lavori in chiesa. Perché dovresti intrometterti a scuola?»

«Ho tre pronipoti a scuola. Direi che basta come ragione.»

Non stava andando liscia come speravo.

«Mi sono perso qualche pezzo? C'è una questione personale con sorella Agnes?»

«Ho rinunciato alle questioni personali quando ho preso i voti, e su quei voti alla Chiesa non ho mai vacillato.»

Colsi il tono cupo, al limite dell'indignazione. «Non

quel tipo di questioni personali», mi affrettai ad aggiungere, «intendo problemi con lei a scuola.»

Lui abbassò lo sguardo per un attimo. «Okay. Potrebbe aver bocciato la mia richiesta di organizzare un corso sulla storia irlandese.»

«Non capisco come abbia potuto rinunciare all'opportunità di avere come docente qualcuno senza nessuna esperienza di insegnamento.»

«Non fare il saputello, non sta bene. Ho imparato la storia dai racconti, nella mia vecchia patria. Ma a lei non fregava nulla. Ha detto che i bambini di famiglia irlandese a scuola sono pochi. Ha detto che tecnicamente neanche i miei pronipoti sono irlandesi. Almeno la maggior parte dei miei pronipoti.»

Conoscevo sorella Agnes da anni e sapevo che sicuramente non aveva parlato con il tono che usava Seamus. E comprendevo il suo punto di vista. Gli alunni avevano background molto diversi. Probabilmente non tutti i genitori avrebbero apprezzato le favole di un vecchio prete con l'accento irlandese.

Aspettai che si calmasse un attimo. «Mi dispiace che abbia bocciato la tua idea. Ma devi sapere che c'è una bella opportunità in arrivo per Eddie e Trent. E non voglio che tu renda le cose difficili. Hai capito?»

«Sì», mormorò chinando la testa.

Io e il nonno scherzavamo parecchio. Ci scambiavamo frecciatine regolarmente. Ma non mi piaceva vederlo amareggiato come in quel momento. Tuttavia, dopo un paio di minuti gli era già passata come al solito. Mi fissava mentre me ne stavo seduto all'altra scrivania a ripensare alla mia giornata.

«Cosa c'è che non va, Michael? Conosco quell'espressione.»

«Solo stress. Capita, quando qualcuno tenta di ucciderti.»

Seamus ridacchiò. «Hanno provato a uccidere anche Alonzo. Ma, se non mi sbaglio, lo hanno rinvigorito. Magari gli manca l'azione della sua vecchia vita.»

«In questo caso è pazzo.»

«Sarà anche pazzo, ma ha dato nuova energia alla scuola e ha stanato moltissimi studenti che non si erano mai interessati agli sport. Non solo il calcio, conosce bene anche il basket. Credo che il suo talento stia nel motivare gli altri.»

«Non dimenticherò facilmente come mi ha aiutato quando quegli uomini hanno tentato di spararmi l'altro giorno. Mi fa piacere che sia un bravo allenatore, ma sono ancora più felice che sia stato un poliziotto di quelli tosti.»

Seamus appoggiò il caffè e spianò alcune carte sulla scrivania. «Che programmi hai per oggi?»

«Vado a fare una visita a Juliana, a Brooklyn, sul set della serie.»

Lo vidi rianimarsi immediatamente. «Posso venire anch'io?» Sembrava un bambino che implorava i genitori.

«Faccio solo un salto per un saluto e poi torno a lavorare.»

«Non negherai a un vecchio la possibilità di vedere la sua pronipote, vero? Vorrei tanto fare un giro sul set.»

«Ma fammi il piacere. 'Vecchio', come no. Ma se girovaghi più di me.»

A quel punto Seamus disse l'unica cosa che funzionava sempre. « Per favore. »

Feci un respiro profondo. « Okay, ma vestiti da laico. Meglio non spaventare la gente del cinema. O magari penseranno che sei la riserva di un altro set e stai bighellonando in giro. In ogni caso, non metterti il collarino. »

« Muoviti, Alonzo, Michael ci porta a Brooklyn », urlò lui scattando in piedi.

« Che diavolo, più siamo e meglio è », concessi.

79

Alex Martinez era di buonumore. Quel lavoro sembrava non finire mai, ma finalmente vedeva la luce in fondo al tunnel. Voleva soltanto tornarsene a casa, al ranch dalle sue bambine, e vivere in pace.

Aveva rifiutato un'altra offerta quella mattina presto, un cartello finanziario svizzero che aveva bisogno di risolvere un casino a Marsiglia. Un presidente di banca aveva inondato i familiari di regali comprati con denaro frutto di un'appropriazione indebita, e la notizia dello scandalo poteva congelare il prezzo delle azioni. Ma un banale pirata della strada avrebbe risolto tutto.

Aveva rifiutato con educazione e loro le avevano offerto più soldi. Aveva rifiutato di nuovo e loro avevano detto quello che dicevano tutti.

« Si tratta di un lavoro facile. Potresti farlo a occhi chiusi. »

« Se è così facile, perché non lo fate voi? » aveva risposto Alex. Dopo aver chiuso la telefonata si era sentita rinvigorita.

Ora si aggirava sul set di *Century's End*. Attraversò il corridoio con decisione. Indossava una gonna stretta e una camicetta accollata. Nessuno le chiese cosa ci facesse lì.

La ragazza che cercava era seduta su una delle sedie da

regista in fondo al set. Alex raccolse le idee, tenendo bene a mente di chiamarla Jules e non Juliana. Voleva che la faccenda filasse liscia e senza intoppi. Doveva soltanto attirare la ragazza lontano dal set e poi prendere contatto con il padre.

Ad Alex non piaceva ricorrere a queste acrobazie e traumatizzare una ragazza innocente. Ma doveva fare una scelta. Bennett aveva già dato prova di essere pieno di risorse e molto pericoloso. E lei voleva tornare a casa. Subito.

Un altro problema era proprio la ragazza. Sarebbe stata in grado di identificare Alex, nel caso fossero riusciti a scovare una foto. Ma di questo per ora Alex non si preoccupava troppo. Prima doveva portare Bennett esattamente dove voleva lei. Poi avrebbe pensato ai testimoni.

Juliana Bennett era impegnata in una conversazione seria con un ragazzo affascinante. Il nome sul retro della sedia era CADE JASON. Non aveva la minima idea di chi fosse, aveva fatto ricerche solo su Juliana.

I due ragazzi la fissarono quando si fermò di fronte a loro.

Concentrandosi Alex riusciva a parlare inglese quasi senza accento. Si rivolse direttamente a Juliana. «Ciao. Sei tu Jules Baez?»

«Sì. Sì, sono io», rispose la ragazza dopo un attimo di esitazione.

«Sono Alice Marshall, della Suzanne Grossman Talent Management Company. Ci conosci?»

Il volto di Juliana si illuminò. «Certo che vi conosco. Siete una delle agenzie più importanti dell'East Coast.»

Alex parlava con calma. Era fiduciosa nella riuscita del

piano che aveva elaborato. «Se hai qualche minuto mi piacerebbe molto discutere di affari con te.»

Il sorriso della ragazza si allargò da un orecchio all'altro. «Sì, non torno in scena fino a dopo pranzo.»

«Ottimo. Posso invitarti fuori per un pranzo veloce da qualche parte qui vicino?»

«Certamente.» Fece per alzarsi e recuperare la borsetta.

Mentre Alex si voltava per andarsene, il giovane seduto vicino a Juliana intervenne. «Sono Cade Jason. Ti va di parlare anche con me?»

Alex vedeva sul suo volto i segni dell'autocompiacimento. Non riuscì a resistere. «No, grazie», rispose.

Venne ricompensata dalla risatina di Juliana.

Tutto stava andando secondo i piani.

80

Quasi rimpiangevo di essermi fermato alla Holy Name. Non solo per il traffico che intanto si era formato, ma anche per i due passeggeri che avrei dovuto riaccompagnare in chiesa al ritorno.

Ogni tanto avere a che fare con mio nonno era come rapportarsi con un bambino. Era più facile dargliela vinta.

Padre Alonzo, sul sedile posteriore, si sporse in avanti. «Come va la tua indagine? Qualche indizio sugli uomini che hanno tentato di spararci?» chiese.

Non ero sicuro di poter parlare liberamente.

«Scusa, è che mi ha riportato al passato. Forse l'azione mi manca più di quanto credessi.»

«Non preoccuparti, Alonzo. So benissimo come ti senti. La parte più incasinata del caso è che ci sono due organizzazioni coinvolte, la mafia canadese e il cartello messicano.»

«Ho studiato per anni come funzionano le organizzazioni criminali», rispose Alonzo. «I canadesi non causano troppi casini in Colombia, ma so che possono essere spietati quanto tutti gli altri. Vengono anche costantemente sottovalutati. Lo stereotipo del canadese educato di certo non li aiuta a farsi temere.»

«Sì, ma non possono competere con il cartello messicano.»

«Sono d'accordo con te. Specialmente se i messicani importano killer dalla Colombia. Hanno troppi soldi e una rete troppo ramificata. Mi dispiace molto che abbiano deciso di inserirti tra i bersagli da eliminare.»

«Ho a disposizione una grande squadra. Troveremo l'assassina e le impediremo di provocare altro caos.»

«Secondo la mia esperienza le persone tendono a sottovalutare anche le donne killer, proprio come con la mafia canadese. C'è un motivo se hanno scelto lei: dev'essere estremamente intelligente e piena di risorse. Potrebbe rivelarsi un osso duro.»

«Non ho intenzione di mollare.»

«No, non era quello che ti stavo suggerendo. Devi stare all'erta, perché proverà a colpirti quando meno te lo aspetti. Oppure agirà d'astuzia per attirarti in trappola. Capirai di esserci caduto solo quando sarà troppo tardi. Approfitta del fatto che giochi in casa: conosci bene la città. Lei no.»

Era un consiglio molto zen. In effetti avevo sicuramente più mezzi dell'assassina e una conoscenza più profonda della città.

Speravo solo di ricordarmelo al momento giusto.

81

Avere mio nonno in auto è come portarsi dietro una guida turistica non invitata. Continuava a ripetere che non andava mai in giro per Manhattan e Brooklyn e aveva un sacco di cose da rivedere. Non parlava della Freedom Tower o del toro di Wall Street, ma dei mercatini che frequentava prima dei voti e di ristoranti che sapeva benissimo essere ormai chiusi. Sosteneva di voler vedere almeno le facciate.

Per di più illustrava ad Alonzo tutto quello che vedevamo nei minimi dettagli. Come la storia dello sviluppo di Little Italy o quella della costruzione del ponte di Brooklyn. Alla fine fui costretto a ricordargli che avevo dei programmi e che l'NYPD si aspettava che lavorassi, ogni tanto. Ma questo non gli impedì di obbligarmi a circumnavigare il magazzino dove giravano la serie tv.

« Sono già stato qui », sostenne Seamus. « Mi ricordo questo posto. C'era un fornitore di ristoranti, facevo degli ordini anch'io quando avevo il bar. »

« Quand'è stata l'ultima volta che sei stato qui? » gli chiesi.

« Direi dodici o quindici anni fa. Mi riporta alla mente una marea di ricordi. Mi è capitato di comprare ogni tanto qualche cassa di birra 'caduta dal camion'. Le compravo a un terzo del costo ufficiale. »

« Mi stai dicendo che hai comprato della birra rubata e l'hai rivenduta al bar? »

« E ogni tanto l'ho anche fatta pagare di più, sostenendo che c'era penuria di birra e io avevo arraffato le ultime casse. » Il ghigno malizioso lo faceva assomigliare a un leprecauno.

Mi fece sorridere, mi ricordava l'infanzia. Le avventure che avevamo vissuto insieme, le storie che raccontava e che già allora sapevo non essere vere.

Con grande sorpresa scoprii che l'ala dalla parte del fiume ospitava uffici dalle grandi vetrate e una reception. Tra l'edificio e il fiume si estendeva un prato rigoglioso, che rendeva la zona molto più bella. Mi chiedevo se questa parte degli studi avesse a che fare con l'industria della tv o del cinema. Forse si trattava di un'ala dell'edificio del tutto separata, che il proprietario aveva affittato. Sicuramente erano uffici di alto livello, con una vista sull'East River e sul bel paesaggio del parco.

Seamus abbassò il finestrino. « Non mi importa di quello che dicono dell'East River, a me quest'odore piace. Mi ricorda casa. Il mare. Non vedo l'ora di vedere Jules », aggiunse mentre giravamo l'angolo a passo d'uomo.

« Juliana », dissi.

« Preferisce essere chiamata Jules sul set. »

« Come fai a saperlo? Sei già stato sul set? »

Fermai l'auto e lo fissai, aveva l'aria imbarazzata ed evitava il mio sguardo.

« Salve, padre », disse un facchino che passava sul marciapiede reggendo uno scatolone.

Raramente il vecchio si faceva cogliere in fallo così facilmente.

« Spiega », gli intimai.

« Quello è tuo zio illegittimo », rispose senza battere ciglio.

« Divertente. » Mi accorsi che sul sedile posteriore padre Alonzo rideva. « Hai appena detto che non vedi questo posto da dodici anni. »

« Intendevo dire che non vedevo da dodici anni *il davanti*, vicino al fiume. Il retro l'ho visto venerdì scorso, quando sono venuto a seguire le riprese di una scena con Jules. È stata fantastica. Ha veramente del talento. »

In quel momento vidi due donne uscire dalla porta, a una cinquantina di metri da noi. Ci misi qualche secondo a capire che una delle due era mia figlia.

« Chi c'è con Jules? » chiese Seamus.

Non conoscevo la donna con i lunghi capelli scuri. Chiacchierava con Juliana con naturalezza, ma c'era qualcosa di familiare in lei.

Iniziai a provare una sensazione di disagio. Accostai l'auto al marciapiede.

82

Alex Martinez sorrideva mentre ascoltava quell'affascinante ragazza. Era molto matura per avere diciotto anni, ed era anche molto emozionata dal fatto che un'agenzia fosse interessata a lei. Ad Alex dispiaceva dover infrangere i suoi sogni.

Convincerla a lasciare il set era stato facilissimo: aveva beccato il momento giusto. L'aveva trovata in pausa, così non era stata costretta ad aggirarsi per il set e magari incappare in qualcuno che lavorava davvero per la Grossman.

Erano quasi arrivate alla pesante porta blindata che dava sull'esterno. Il piano era semplice: portare la ragazza alla macchina e obbligarla a chiamare il padre.

Non aveva nessuna intenzione di uccidere una ragazza innocente, a meno di non avere altra scelta.

Quando uscirono Alex dovette ripararsi dalla luce con una mano mentre gli occhi le si abituavano. «Ti dispiace se faccio una telefonata veloce a mio padre?» chiese Juliana.

«Per nulla. Se ti fa sentire più a tuo agio puoi invitarlo a pranzo con noi.» Sarebbe stata così fortunata?

Mentre Juliana frugava nella borsa alla ricerca del telefono, Alex guardò nella propria per accertarsi che pistola e stiletto fossero a portata di mano.

Juliana tirò fuori il cellulare ma poi si bloccò. «Credo

che quella laggiù sia la macchina di mio padre», disse, guardando il cortile.

Alex vide l'Impala e si rimproverò per non averla notata subito. La conosceva bene, aveva seguito Bennett per tutto il giorno precedente.

Questo era un piano ancora più semplice di quello originario. Fece scivolare la mano nella borsetta e avvolse le dita sul calcio della 9mm. Avrebbe aspettato finché non fossero stati così vicini da impedirgli qualsiasi reazione.

Poi, dopo aver finito, sarebbe saltata in auto e sarebbe stata di ritorno a Manhattan prima dell'arrivo della prima auto di pattuglia.

83

Seguii l'istinto e lasciai la macchina con il motore al minimo accostata a lato del marciapiede. Presi a camminare rapidamente in direzione di Juliana e dell'altra donna. Non c'era niente che sembrasse fuori dall'ordinario mentre tagliavo per il prato con lo sguardo fisso in avanti, ma accelerai il passo.

Juliana mi sorrise e mi salutò. La donna in piedi vicino a lei non accennò nessun movimento minaccioso. Forse stavo lasciando di nuovo che la mia paranoia prendesse il sopravvento. Mi sentivo un idiota.

Salii sul marciapiede e andai verso la porta davanti a cui si trovavano le due. Mi voltai per controllare che il nonno e padre Alonzo fossero rimasti in auto.

Erano scesi entrambi.

Mi rilassai un po', pensai che Juliana con ogni probabilità era semplicemente insieme a qualcuno della produzione. La maggior parte delle persone che lavorava sul set aveva l'aria di un elettricista o di un idraulico.

«Che cosa ci fai qui? Non lavori oggi?» mi domandò Juliana quando fui a cinque o sei metri.

«Non sono mai troppo occupato per vedere i miei figli.» Aspettai che mi presentasse l'altra donna.

Quest'ultima frugava con noncuranza nella borsetta.

Quando tirò fuori la mano, vidi chiaramente che impugnava una piccola semiautomatica.

In quel momento capii con certezza chi era.

84

Alex dovette resistere e controllare l'impazienza. Non voleva muoversi troppo presto: teneva d'occhio il detective che attraversava il cortile e avanzava fino al marciapiede, diretto verso la figlia.

Era consapevole delle proprie abilità, ma chiunque conosca le armi da fuoco sa bene che cinquanta centimetri di distanza in più o in meno fanno la differenza, con un bersaglio in movimento. Per di più lui aveva già dimostrato di essere veloce e furbo quando i dominicani avevano tentato di spararagli davanti alla chiesa.

Era importante mantenere la compostezza e lasciarlo cadere nell'imboscata. Perché si trattava proprio di questo: un'imboscata. Non era nascosta dietro a una porta con la pistola in mano, ma ne aveva una nella borsa, pronta a estrarla quando Bennett fosse stato a meno di tre metri.

Sentiva una fitta di eccitazione mista a nervosismo. Aveva un leggerissimo tremito alla mano destra. Era l'atto finale di quel lavoro che l'aveva tenuta lontana da casa per così tanto tempo. Sentiva la fronte bagnata di sudore e il cuore che batteva forte.

La ragazza se ne era accorta? Anche se fosse, non avrebbe sicuramente capito.

Non c'era quasi niente che Bennett potesse fare in

quella situazione, e più si fosse avvicinato meglio sarebbe stato. Per essere sicura doveva spararigli due volte alla testa. Se non altro non sarebbe stata costretta a fare del male alla ragazza.

A meno che quest'ultima non facesse qualcosa di stupido.

Alex aveva le mani sudate.

Juliana chiamò il padre, che le rispose con un sorriso. Sarebbe stato di una facilità imbarazzante.

Alex infilò la mano destra nella borsa. Fece attenzione a non muoversi in modo brusco o sospetto. Trovò l'impugnatura perfetta per la pistola e la estrasse con nonchalance.

Non voleva sprecare quella fantastica occasione: avrebbe mirato con cura fin dal primo colpo.

Estrasse la pistola dalla borsetta, tese il braccio destro e puntò la canna al centro del viso di Michael Bennett.

Fece un respiro profondo e cominciò a tirare il grilletto.

85

Non appena Alex Martinez tese completamente il braccio ed ebbe una visuale chiara dell'obiettivo, fu il caos.

Juliana la colpì mentre tirava il grilletto e il proiettile mancò il bersaglio.

Capì subito che non era stata una coincidenza. La ragazza aveva compreso cosa stava accadendo e aveva agito.

Che diavolo!

Ora avrebbe dovuto occuparsi anche della figlia, oltre che del padre. Non poteva perdere tempo, non poteva dare a Bennett la possibilità di avvicinarsi.

Juliana prese il braccio di Alex e le diede una gomitata sulla faccia, ricacciandola indietro verso la porta. Alex vide le stelle e sentì un rivolo di sangue colarle dal naso.

Il viso le pulsava. Pareva che la mela non fosse caduta tanto lontano dall'albero: la ragazza era tosta.

Alex si mosse velocemente e la tirò a sé. Era riuscita a tenere in mano la pistola, che era l'unica cosa in quel momento che poteva impedire a Bennett di buttarsi su di loro.

Doveva pensare in fretta. Strinse a sé la ragazza con la mano sinistra e con la destra le puntò l'arma alla testa. Avrebbe voluto avere lo stiletto al posto della pistola, perché un taglietto e una goccia di sangue sarebbero stati sufficienti a immobilizzare il padre.

Alex cominciò a indietreggiare, sussurrando nell'orecchio di Juliana. «Apri la porta, se non vuoi che tuo padre si ritrovi coperto dalla tua materia cerebrale.»

Rivolse poi la sua attenzione al detective che avanzava. Non disse una parola ma premette la pistola contro la tempia di Juliana. Voleva che gridasse, sarebbe stato un vantaggio. La ragazza rimase in silenzio, ma il messaggio arrivò comunque, perché Bennett si fermò.

Le fissava. Anche lui aveva tirato fuori la pistola e si stava spostando, chiaramente in cerca del punto migliore da cui sparare. Quando vide che Alex faceva sul serio, indietreggiò leggermente e abbassò la pistola. Ma ce l'aveva ancora in mano.

Juliana aprì la porta e le due tornarono dentro, nel corridoio buio che portava al set. Alex si allontanò in fretta dall'ingresso. Non era andata come previsto, ma forse poteva ancora salvare la situazione.

Aveva dimenticato l'eccitazione e il nervosismo di prima. Ora aveva bisogno di riflettere lucidamente.

Aveva fatto ricerche sull'edificio e aveva perlustrato la zona; sapeva che poteva percorrere il corridoio per fuggire attraverso gli uffici, dall'uscita sull'East River.

Pensava di non avere più speranze di portare a termine l'incarico, quando la porta si aprì e la sagoma di Michael Bennett si stagliò contro la luce del sole.

86

Non ricordo di avere mai provato un panico del genere. Vedere mia figlia con una pistola puntata alla testa mi procurò una fitta allo stomaco. Letteralmente. Ma non era il momento di vomitare, non sarebbe stato d'aiuto.

Corsi dritto nell'imbuto fatale della porta con la pistola spianata. Il momento in cui un poliziotto si staglia contro la luce dell'ingresso è quello più pericoloso. Mi infilai immediatamente nell'angolo vicino alla porta e mi fermai un attimo per lasciar adattare gli occhi all'oscurità.

Dovevo far rallentare il respiro. Avrei potuto essere costretto a sparare molto vicino a Juliana. Che incubo.

La donna indietreggiava trascinandola con sé. Dagli occhi di mia figlia traspariva tutto il terrore che provava, ma non era paralizzata dalla paura. Vederla in quello stato quasi paralizzò me, invece.

Non sapevo bene dove conducesse quel corridoio buio, ma non intendevo permettere loro di arrivare alla fine.

Strisciai contro la parete con la pistola alta davanti a me e le vidi di nuovo. La donna si fermò e io riuscii a scorgere con chiarezza il viso di Juliana. Era spaventata. Come me.

Presi una decisione, piantai saldamente i piedi a terra e mirai. Quando buttai fuori l'aria dai polmoni e misi a fuoco l'immagine nel mirino, inquadrai gli occhi scuri della donna. Eravamo abbastanza vicini, a circa cinque metri. Mi isolai da ogni possibile distrazione: il battito del cuore, il sudore negli occhi, il tremore alle mani e il rumore che arrivava dal set.

Poi la donna parlò. «Indietro. Abbassa l'arma o tiro il grilletto.»

Non fu soltanto quello che disse; fu *come* lo disse. Non aveva paura, non farneticava. Era calma. Professionale. Non avevo scelta.

Non consegnerei mai la mia pistola, ma la abbassai lentamente. Non potevo rischiare che facesse del male alla mia Juliana. Mi tenni pronto a puntarla di nuovo velocemente sull'obiettivo se ce ne fosse stato bisogno.

Stavo tentando di prendere tempo. Sapevo che, se Seamus e padre Alonzo erano entrati nell'edificio, qualcuno aveva sicuramente chiamato il 911. La cavalleria sarebbe arrivata presto.

Mi tremava il braccio e la cosa mi spaventava. Nessun genitore pensa di potersi mai trovare in una situazione simile.

«Fermo», disse la donna nello stesso tono risoluto. Poi prese a indietreggiare.

La lasciai andare. Volevo soltanto salvare Juliana. Le guardai raggiungere la porta successiva del corridoio buio. La donna aveva allontanato leggermente la pistola dalla sua testa.

Sentii un anelito di speranza.

Un attimo dopo varcarono la porta e sparirono dalla mia vista.

Dovevo riprendere Juliana.

87

Alex teneva saldamente la ragazza mentre varcavano la porta e se la lasciavano sbattere alle spalle. Se non altro ora c'era qualcosa di solido tra lei e Bennett. Sentiva Juliana tremare.

Il viso di Alex pulsava nel punto in cui era stata colpita con una gomitata. Ma era illesa, si trovava in una buona posizione ed era pronta ad agire. Per questo era fiduciosa che se la sarebbe cavata. Si sarebbe occupata di Bennett in un altro momento.

Considerò le opzioni a sua disposizione. Poteva prendere la ragazza in ostaggio, lasciarla perdere e scappare oppure ucciderla e abbandonare lì il cadavere per bloccare il padre.

Escluse la terza opzione quasi subito. Non uccideva mai per divertimento o vendetta. Uccideva solo per soldi.

Proprio mentre Alex stava per voltarsi, in modo da camminare più velocemente, la porta da cui erano appena passate si spalancò mostrando Michael Bennett, ancora con la pistola in pugno. Non mollava proprio mai.

«Fermo!» gli urlò Alex.

Le piacque il modo in cui si immobilizzò.

«Appoggia la pistola per terra», continuò.

Lui non accennò alcun movimento. I suoi occhi non facevano trapelare nulla.

Alex alzò la posta. «Appoggia la pistola per terra e giuro su Dio che lascio andare tua figlia.»

«Poi mi spari ed è tutto finito?»

«L'unica promessa che posso farti è che libererò Juliana.»

Aspettò, sapendo che un uomo del genere poteva tranquillamente decidere di dare la propria vita per quella della figlia. Vide un accenno di dubbio sul suo volto, o forse di confusione. Poi lui mostrò la mano sinistra, vuota, mentre si chinava lentamente con la pistola nella destra facendo il gesto di appoggiarla sul polveroso pavimento di legno.

Lei strinse la presa su Juliana, nel caso in cui provasse a scappare all'ultimo momento. Aveva già dato prova di avere lo stesso coraggio del padre.

«Per favore, adesso lasciala andare», le disse Bennett dalla sua scomoda posizione chinata in avanti.

Alex sentì qualcuno che chiamava dal fondo del corridoio. «Michael, dove sei?»

«Non avvicinarti, Seamus», urlò Bennett in risposta. «Andrà tutto bene. Ma stai lontano.»

Alex si chiese se ci fosse un altro poliziotto nell'edificio. «Chi è?» domandò.

«Mio nonno. L'avevo portato qui con me a vedere il set e a fare visita a Juliana. Non è una minaccia né per te né per nessun altro.»

Una spiegazione ragionevole, e il detective aveva l'aria di chi dice la verità.

Era arrivato il momento di fare fuoco, una volta sola, e poi andare per la sua strada.

88

Appoggiai la pistola per terra molto lentamente, sperando che accadesse qualcosa o che l'assassina abbassasse la guardia. Ma era brava. Molto brava. Continuò a tenere la sua pistola puntata alla tempia di Juliana e non distolse lo sguardo da me.

Pensavo soltanto a quell'arma puntata alla testa della mia bambina. Non mi importava cosa sarebbe successo, volevo soltanto che lei si salvasse.

Neanche l'urlo di Seamus aveva distratto l'assassina. Teneva saldamente la pistola e continuava a fissarmi. Ora speravo solo che non finisse anche lui in mezzo a quella situazione di merda.

Percepivo che la donna stava perdendo la pazienza, ma non sapevo bene cosa fare. In tutte le lezioni di addestramento dell'NYPD che avevo frequentato gli istruttori non si stancavano di ripeterci: «Non consegnate mai la vostra pistola». Quelli della vecchia scuola utilizzavano anche un linguaggio più colorito. L'insegnamento aveva colpito nel segno con me e si era impresso come un marchio a fuoco.

La pistola era una parte di me. Se l'avessi consegnata avrei consegnato anche la possibilità di agire e di recitare una parte nel dramma che si svolgeva. Non soltanto sarei stato alla mercé della killer, ma lo sarebbe stata anche Juliana. Però l'assassina aveva promesso di liberarla se l'avessi fatto.

Poi vidi un movimento alle spalle di Juliana e della donna. Quasi impercettibile. Un cambiamento nella luce e nell'ombra. C'era chiaramente qualcuno vicino a loro.

Due mani si chiusero sulle spalle della donna e riuscirono ad allontanare di poco la pistola dalla testa di Juliana. Un colpo le esplose proprio davanti alla faccia. Il rumore fu assordante e il lampo le si rifletté negli occhi. Occhi pieni di terrore.

Il lampo illuminò anche padre Alonzo, che si buttò a terra con la donna stretta tra le braccia.

«Prendi Juliana!» lo sentii urlare.

Feci come mi era stato detto: afferrai il polso destro di mia figlia e la tirai verso di me con una forza tale che il suo corpo sbatté contro il mio. Persi l'equilibrio e cademmo entrambi sul pavimento. Ma non mi importava, perché avevo mia figlia tra le braccia. E avevo ancora la pistola.

A terra, padre Alonzo lottava con la donna. Vidi nell'oscurità il lampo di un altro colpo, una frazione di secondo prima di udirlo. Anche stavolta il rumore che riecheggiò sulle pareti fu indescrivibile. Un brivido mi attraversò dalla testa ai piedi.

Dopo lo sparo ci fu una breve colluttazione, poi la donna fece uno scatto e si alzò, riuscendo a sfuggire a padre Alonzo che era rimasto a terra. Era sparita prima ancora che potessi alzare la pistola.

Mi precipitai in aiuto di Alonzo e mi inginocchiai vicino a lui. Era raggomitolato in posizione fetale. Anche con quella luce fioca riuscivo a vedere che era stato colpito all'addome. Stava tentando di fermare l'emorragia e mantenere il sangue freddo.

Alzò gli occhi verso di me. «Juliana?» chiese con voce debole.

«Salva. Grazie a te.»

«L'istinto è duro a morire. Dovevo fare qualcosa.» Fece una smorfia e tossì. Sputò un po' di sangue.

Juliana mi si avvicinò e dalla porta del corridoio apparve Seamus.

«Oh, mio Dio», mormorò Seamus guardando a terra. Poi si inginocchiò anche lui, si tolse in fretta un fazzoletto dalla tasca e ordinò ad Alonzo di spostare le mani.

«I soccorsi stanno arrivando», disse scoccandomi un'occhiata.

«Non servi qui», mi disse Alonzo. «Vai a prenderla e metti fine a quest'incubo.»

Un attimo dopo stavo correndo veloce quanto la donna.

89

Non era così che Alex Martinez se l'era immaginato. Ma un professionista si vede dal modo in cui si adatta alle circostanze e torna a casa vivo alla fine della giornata. Era questo il suo obiettivo, adesso.

Non aveva la minima idea di chi l'avesse afferrata da dietro, ma chiunque fosse era un bravo combattente e l'aveva lasciata andare soltanto perché lei gli aveva sparato all'addome.

Subito dopo lo sparo si era messa a correre e aveva vagato per un po' negli studi. Aveva deviato dal corridoio principale e si era ritrovata in un labirinto di passaggi e magazzini. Sapeva che se fosse andata dritta, allontanandosi sempre più dalla porta da cui era entrata, avrebbe trovato una via d'uscita. Ripassare da dove era entrata invece sarebbe stato un suicidio.

Alex non era in preda al panico. Non lo era mai. Ma non si era mai trovata in una situazione del genere. Fu costretta ad asciugarsi più volte il sudore dalla fronte e a tenere sotto controllo la respirazione. I pilastri e le tende sembravano tutti uguali. Non è che stava girando in tondo?

Mentre avanzava in quel dedalo di corridoi, sempre tenendo la pistola stretta in mano e nascosta nella borsa, incrociò due persone.

Fermò il secondo uomo – dall'aspetto poteva essere un tecnico delle luci – che trasportava un lungo palo con in cima un set di faretti.

«Mi scusi», gli disse Alex in tono tranquillo e pacato «devo essermi persa. Sto cercando l'uscita dal lato dell'East River. Da che parte si trova?»

L'uomo appoggiò il palo a terra, un segno che non faceva presagire una risposta breve. Alex si trattenne a stento dal puntargli la pistola al collo e ordinargli di parlare.

Lui indicò alle proprie spalle. «Se imbocchi questo corridoio, lo percorri fino alla fine e poi giri a sinistra, trovi una porta che dovrebbe condurre agli uffici sul retro. Ma potrebbe anche essere chiusa.»

«Grazie», mormorò lei, e riprese ad avanzare. Accelerò il passo e, non appena fu fuori dal campo visivo dell'uomo, ricominciò a correre.

Alex non intendeva tendere a Bennett un'altra trappola. Quell'uomo era o molto fortunato o molto intelligente. Temeva che fosse la seconda, ma sapeva anche che aveva un punto debole. Sperava che fosse rimasto ad aiutare l'uomo a cui lei aveva sparato.

Trovò la porta di cui le aveva parlato il tecnico, che, come lui aveva predetto, era chiusa.

Alex l'avrebbe varcata; la questione era quanto rumore volesse fare. Bussò leggermente per capire quanto fosse solida. Le cerniere si trovavano dall'altro lato.

Controllò la serratura, poi estrasse dalla borsa lo stiletto. Al contrario dei normali coltelli non aveva una lama perfettamente piatta, ma era in grado comunque di infilarsi tra la porta e lo stipite. Le bastò quel poco spazio per farlo ruotare e far scattare il meccanismo della chiusura.

Dopo qualche secondo, Alex riuscì ad aprirla del tutto. Vide subito che il corridoio dall'altra parte era più luminoso e capì che era sulla strada giusta. In un attimo si sistemò la camicetta e si asciugò il sudore dal viso con un fazzolettino preso dalla borsa.

Poi prese a camminare attraverso gli uffici con disinvoltura. Nessuno le prestò attenzione mentre si muoveva verso la luce del sole che filtrava dagli ampi bovindi che fronteggiavano l'East River.

90

Corsi lungo il corridoio con la pistola puntata, consapevole che quella donna poteva essere in agguato dietro ogni angolo, pronta a sparare. Era un rischio che ero disposto a correre.

Il terrore che avevo provato nel vedere Juliana con una pistola alla tempia si era trasformato in determinazione. E in rabbia. Pensavano sempre tutti di poter fare quello che gli pareva nella mia città senza conseguenze. Ero deciso a fermare quell'assassina. Altrimenti chissà quando sarebbe finito quell'incubo e quante altre persone avrebbero perso la vita.

Corsi fino alla zona dei set, e ovviamente la prima persona che vidi fu Carter Javits.

Si accigliò nel vedermi senza fiato e con una pistola in mano. Nell'agitazione in cui mi trovavo gli urlai praticamente addosso. «Carter, hai visto passare una donna con dei lunghi capelli scuri?»

Ma lui mi fissò e basta, come un bambino piccolo. Non rispose.

Lo chiamai a voce più alta e secca. «Carter!»

Si limitò a scuotere la testa.

«Non hai visto niente di strano?»

«Poco fa Jules è uscita con una donna simile. Un'agente cinematografica.»

«Non far uscire nessuno. È pericolosa. Ha una pistola. I soccorsi dovrebbero arrivare a momenti. Hai capito quello che ho detto, Carter?» gli chiesi quando continuò a fissarmi in silenzio.

Questa volta annuì.

Tornai di corsa nel corridoio in cerca di una deviazione. Trovai una porta aperta e finii in mezzo a magazzini e ad altri corridoi che si diramavano in direzioni diverse.

Tirai fuori il distintivo dalla tasca posteriore dei pantaloni e lo alzai davanti alla faccia di un tizio che trasportava un palo da cui pendevano alcuni faretti. «NYPD! Hai visto passare di qui una donna?»

Il tizio era scioccato, come succede a tante persone quando hanno a che fare con un poliziotto agitato. «È passata di qui e mi ha chiesto come raggiungere gli uffici», riuscì a rispondere.

«E come ci si arriva?»

«Alla fine del corridoio a sinistra. C'è una porta pesante, che di solito è chiusa a chiave.»

Ripresi a correre. Il panico cominciava a crescere. Non volevo che quella donna mi sfuggisse. Pensavo a padre Alonzo. Volevo sedermi a consolare mia figlia. E Dio solo sapeva cosa stava passando il nonno.

Raggiunsi la porta che, come previsto, era chiusa. Non avevo tempo da perdere. Alzai il piede sinistro e mollai un calcio, caricando con tutto il peso del corpo. La porta vibrò e il telaio si spezzò. La colpii di nuovo e quella si aprì con una strana pendenza perché una delle cerniere si era staccata dall'intelaiatura.

Irruppi nel corridoio luminoso, terrorizzando subito una donna con le braccia cariche di incartamenti. La donna fece un salto all'indietro e i fogli si sparpagliarono sul pavimento in ogni direzione.

«NYPD. Ha visto passare qualcuno che non conosceva?»

Scosse la testa. «Non ho notato nessuno. Che succede?» domandò mentre mi allontanavo. «Si tratta di un terrorista? Cosa dobbiamo fare?»

Ci pensai su per un attimo. «Rimanete nei vostri uffici. Nessuno dovrebbe darvi fastidio. Dove si trova l'uscita?»

Mi indicò il fondo del corridoio che portava all'atrio.

Scattai in direzione dello stupefacente panorama dell'East River.

91

L'addetta alla reception, una giovane donna con un sorriso luminoso e ricci biondi, si girò verso di me con uno sguardo interrogativo.

Le mostrai il distintivo prima che riuscisse a dire qualunque cosa. «NYPD. È passato qualcuno da quest'atrio?» Mi sforzavo di controllare l'ansia nella voce, ma avevo bisogno di risposte.

«Sì», rispose la giovane dopo avermi fissato per qualche secondo. «Una donna che non conoscevo che arrivava da...»

Stavo guardando la receptionist, quindi non mi accorsi di quello che succedeva alle mie spalle. E così vidi il suo viso esplodere praticamente davanti ai miei occhi quando il proiettile la centrò proprio alla radice del naso.

La frase si interruppe a metà e lei rovinò all'indietro contro la tappezzeria decorata. Poi cadde per terra imbrattando di sangue il pavimento.

Mi gettai di lato, alla ricerca di qualcosa che mi offrisse una copertura. Sapevo che il proiettile era indirizzato a me e la direzione dello sparo mi dava un'idea precisa di dove fosse nascosta l'assassina, cioè dietro una colonna vicino al portone d'ingresso, con alle spalle la grande finestra sulla baia.

Mi fermai dietro al bancone nel punto in cui prima si

era trovata la ragazza. Ora giaceva con gli occhi spalancati, che sembravano fissarmi.

Un'altra persona che non ero riuscito a proteggere da questa killer.

Rimasi dietro al bancone, sperando che fosse abbastanza spesso da fermare una pallottola. Sbirciai una volta e riuscii a vedere nella finestra il riflesso dell'assassina accovacciata dietro la colonna. I lunghi capelli le cadevano sulla schiena. Dietro di lei l'immagine tranquilla del parco e, oltre il parco, quella del fiume. C'era un battello turistico che transitava lentamente.

« È finita! » gridai. « Non puoi scappare da nessuna parte e io non sono più un bersaglio facile. »

Rimasi in attesa di una risposta ma non la ottenni.

« Arrenditi ora, e ti garantisco che nessuno ti farà del male. » Non appena ebbi finito di parlare, risuonarono altre due esplosioni e le pallottole colpirono il bancone subito sopra alla mia testa. Una riuscì a passarci attraverso, conficcandosi nella parete dietro di me. Era la risposta alla mia domanda su quanto fosse spesso il bancone.

Mi sporsi e restituii i due colpi, per continuare a farle tenere la testa bassa. Volevo ricordarle che anch'io avevo una pistola. Inoltre realizzai che il tempo giocava a mio favore. Più a lungo l'avessi tenuta intrappolata in quel posto, più probabile sarebbe stato l'arrivo dei soccorsi.

Era intelligente, una professionista. Non mi avrebbe risposto. Aveva tentato di nascondere la propria posizione mentre io avevo rivelato la mia per colpa della mia bocca larga.

Diedi un'altra occhiata oltre il bancone per assicurarmi che nessuno fosse stato coinvolto nella sparatoria. Vidi un paio di persone che tentavano di nascondersi in un angolo della stanza, sotto un tavolo. Ero abbastanza sicuro che tutti nell'edificio fossero rannicchiati in un angolo o sotto una scrivania. Il lato positivo era che ci dovevano essere state decine di chiamate al 911.

Il tempo era dalla mia parte. Il problema era che lo sapeva anche l'assassina. Era costretta a muoversi in fretta.

Pregavo Dio di essere pronto.

92

Alex era arrivata fino all'atrio senza che nessuno le facesse domande. Aveva perfino salutato la receptionist bionda e carina in piedi dietro il bancone. Poi aveva sentito un rumore dal corridoio degli uffici. Qualcuno picchiava contro una superficie robusta. Ipotizzò che fosse il detective Michael Bennett che buttava giù la porta.

Questo le fece venire un'idea, un'estrema possibilità di salvare quella giornata orribile. Avanzò come se fosse diretta verso l'ingresso, ma invece sgusciò dietro a una spessa colonna decorativa a pochi centimetri dalla porta.

Era ancora nascosta quando udì Bennett dire alla ragazza dietro il bancone: «NYPD. È passato qualcuno da quest'atrio?»

In quell'esatto momento Alex si sporse dalla colonna con la pistola spianata e fece fuoco velocemente. Troppo velocemente. La pallottola mancò Bennett e centrò il viso dell'ignara receptionist. Alex non riuscì a vedere bene cosa fosse successo, ma sapeva di aver ucciso una donna innocente. Merda.

L'idea la fece infuriare con Bennett. Era lui che l'aveva costretta a farlo. Lui non le avrebbe permesso di scappare, doveva ammazzarlo. Ora.

Si sporse di nuovo dalla colonna e vide Bennett buttarsi a terra e rotolare dietro al bancone. Le intimò di arrendersi, e lei seguì il suono della sua voce per individuare la sua posizione, in modo da sapere con certezza dove mirare.

Dopo che lei ebbe sparato un paio di colpi a vuoto, lui rispose al fuoco.

Erano in una situazione di stallo, ma era lei quella che doveva darsi una mossa. Doveva andarsene. Voleva disperatamente portare a termine l'incarico e uccidere Bennett, ma doveva considerare le opzioni che aveva a disposizione.

Se avesse fatto uno scatto verso l'uscita, si sarebbe trovata senza copertura, e ci voleva del tempo per aprire il portone di vetro. Bennett avrebbe potuto mirare con tranquillità. Non aveva dubbi che avrebbe approfittato dell'occasione.

Si ritirò ancora dietro la colonna e guardò fuori, verso l'East River. Da lì non stava accorrendo nessuno in aiuto del detective. Riusciva a vedere un parco e dei sentieri all'aria aperta. Doveva arrivare lì. All'aperto. Doveva fare almeno un tentativo, provare a fuggire e a tornare in Colombia il prima possibile. Immaginò il momento dell'abbraccio con le figlie al suo ritorno al ranch.

Sollevò la pistola e sparò tre colpi contro l'ampia finestra di vetro. Sapeva che Bennett non sarebbe uscito allo scoperto sentendo il rumore degli spari. Non era un vetro di sicurezza, era soltanto decorativo, e si incrinò con regolarità in mezzo ai tre fori lasciati dai proiettili.

Alex si alzò e si gettò con tutto il suo peso contro il vetro incrinato.

Si preparò a un impatto brutale, non sapendo come il vetro le avrebbe conciato la pelle andando in frantumi.

Ma quello cedette e lei cadde sul marciapiede che costeggiava quell'ala dell'edificio.

Non vide Bennett lanciarsi al suo inseguimento, quindi decise di conservare la pallottola che le rimaneva nel caso si fosse imbattuta in qualche altro guaio.

93

Avevo bisogno che succedesse qualcosa. So che sembra assurdo, ma stare sdraiato su un tappeto insieme a una donna morta può mandarti in pappa il cervello. Poi il mio desiderio venne esaudito. Dal punto in cui mi ero rifugiato, dietro al banco della reception, udii degli spari e mi preparai all'impatto sulla parete sottile che mi proteggeva. Soltanto in un secondo momento capii che i colpi non erano indirizzati a me.

Sentii un altro rumore e un vetro che si infrangeva. Questo mi spinse a sporgermi sul bordo del bancone con la pistola in pugno. Non avevo una visuale chiara, ma sembrava che l'assassina fosse fuggita da una finestra rotta.

Poi sentii le voci delle altre persone che si trovavano nell'atrio. C'erano donne che singhiozzavano e qualcuno che urlava chiedendo aiuto.

Strisciai di nuovo indietro e controllai il battito della receptionist, ma sapevo che era morta ancora prima di appoggiarle il dito sulla gola. Solo che dovevo esserne certo.

Mi alzai dietro al bancone e vidi una donna che aiutava un anziano arrivato dalla zona degli uffici. Anche qualcun altro stava cominciando a rialzarsi. Non avevo visto nessuno quando ero corso nella stanza senza guardarmi intorno.

Stavo per sfondare la porta quando la donna in compagnia del vecchio esclamò: « Grazie a Dio. C'è la polizia ».

Non potevo ignorarli, non importava quanto volessi dare la caccia all'assassina. Sentivo le sirene in lontananza e sapevo che i soccorsi stavano arrivando. I poliziotti dovevano solo sigillare l'area prima che lei riuscisse a scappare.

Girai attorno al bancone e subito la donna mi fu vicino, con il vecchio che quasi cadeva per terra.

Lo afferrai prima che sbattesse sul pavimento. « Le hanno sparato? È ferito? »

Lui scosse debolmente la testa e si indicò il petto. Lo feci sistemare su una panca ma, prima che avessi il tempo di allentargli il colletto e di valutare seriamente le sue condizioni, un uomo che era rimasto nascosto in un angolo dell'atrio mi corse incontro. « La donna che ha sparato a Tia è scappata da quella parte, sulla passeggiata esterna. »

Gettai un'occhiata fuori dalla finestra, nella direzione che mi aveva indicato, ma non vidi nessuno.

Una donna di mezza età avanzò verso di me. « Non le permetta di farci del male. La prego, lei ci deve proteggere », mi implorò.

« Siete al sicuro adesso. Mi lasci aiutare quest'uomo. » Avevo riposto la pistola nella fondina e vedevo che l'anziano cominciava a stare male davvero. Non sarei stato di nessun aiuto se avessi continuato a pensare alla killer in fuga.

Proprio allora la porta si aprì ed entrò un giovane agente di pattuglia, con un'uniforme impeccabile e le spalle larghe quanto l'ingresso.

«State tutti bene?» chiese. «Ci hanno segnalato una sparatoria in corso da qualche parte nella proprietà.»

«Michael Bennett, squadra Omicidi di Manhattan Nord», gli risposi urlando da sopra la spalla. «Vieni qui, c'è bisogno d'aiuto.»

Il ragazzo, serissimo, corse verso di me senza neanche chiedermi di confermare l'identificazione.

Mi sentivo un po' in colpa a lasciargli in custodia quel mucchio di persone terrorizzate. «Chiama i soccorsi per quest'uomo», gli ordinai. «Cerchiamo una donna di circa trent'anni con lunghi capelli scuri. È armata e ha appena sparato ad almeno due persone. Avverti tutti via radio.»

Non attesi la risposta. Stavo correndo fuori dalla porta prima che chiunque avesse il tempo di dire altro.

Pensavo a quello che mi aveva detto padre Alonzo. Di utilizzare il mio vantaggio, di servirmi della città.

Poi mi venne un'idea.

94

Benché non volesse ammetterlo, Alex era terrorizzata. La paura uccide in questo tipo di incarichi, perché ti toglie le forze e ti impedisce di pensare lucidamente. Ma nessuno avrebbe mantenuto il sangue freddo dopo aver passato quello che aveva passato lei.

Ora tutto quello che voleva era mettere distanza tra sé e la scena della sparatoria. Quando girò l'angolo del lungo edificio vide un mucchio di persone che si riversavano nel parcheggio disordinatamente e senza controllo.

Erano tutti in preda al terrore all'idea di qualcuno che si aggirava con una pistola. Il che significava che nessuno usava il buon senso o faceva attenzione a quello che succedeva intorno a sé. Proprio ciò di cui lei aveva bisogno: il caos.

Alex rallentò fino a camminare e si rassettò la camicetta. Dedicò qualche secondo a sistemarsi i capelli in maniera ordinata e professionale. Si mescolò alla folla ma continuò a procedere nella stessa direzione, verso l'ala opposta del complesso. Doveva esserci un parcheggio per taxi da quelle parti.

Sentiva le sirene, ma finora di auto della polizia ne aveva vista una sola, che correva in direzione degli stessi uffici da cui veniva lei.

Riusciva a pensare solo a fuggire. Non avrebbe avuto

rimpianti per quello che era successo e per chi era stato ferito, a patto che riuscisse a trovare una via di fuga da quel posto e poi da Brooklyn.

Si allontanò dalla folla e percorse il marciapiede in fondo al parcheggio.

Proprio nel momento in cui pensava di essere ormai scampata a qualsiasi interferenza, un uomo in uniforme sbucò tra due piccoli edifici vicino al fiume. Aveva in mano una radio e mentre le si avvicinava lei sentì una voce che forniva una descrizione. «La sospettata è una donna con i capelli lunghi e potrebbe fingere di far parte di un'agenzia cinematografica.»

Quando si trovò davanti Alex l'uomo alzò lo sguardo. Era un ragazzo nero giovane, forse poco più di vent'anni, e molto magro. Realizzò immediatamente di essere incappato nella donna armata che tutti stavano cercando.

Lei estrasse la pistola dalla borsa e con freddezza gliela puntò al petto.

Alex apprezzò la sua capacità di afferrare subito il punto, perché la guardia alzò le mani. «Non voglio problemi», dichiarò.

«Neanch'io.» Alex non agitò l'arma per intimidirlo: non ne aveva bisogno. «Da te mi serve solo un'informazione, e mi serve in fretta.»

Lui tremava dalla testa ai piedi. Una lacrima gli spuntò dall'occhio destro. Bene: lei voleva che fosse spaventato.

«Indicami il punto più vicino in cui posso trovare un taxi», gli intimò Alex.

Lui indicò con la mano destra, tenendo la sinistra sempre alzata. «Se prosegui su questo marciapiede fino all'angolo, troverai un cancello che si apre nella recinzione.

Non è mai chiuso a chiave. Da lì si esce su una strada trafficata.»

Lei sorrise al ragazzo e lo sospinse con la canna della pistola finché non s'infilò di nuovo tra i due edifici vicino al fiume. Continuarono a camminare attraversando lo stretto parco fino ad arrivare alla riva.

«Sei stato molto utile e molto intelligente», commentò Alex. «Ora devo assicurarmi che tu non possa raccontare niente a nessuno per un po' di tempo. E sai come faremo?» Sollevò la pistola.

«Oddio, no, per favore», implorò la giovane guardia con voce rotta.

«Ti viene in mente un'alternativa?» Alex non aveva intenzione di spararli. Aveva soltanto bisogno che se ne stesse buono.

«E se prometto di rimanere seduto qui senza chiamare nessuno?»

Lei allungò la mano verso la sua cintura e sganciò la radio. «Per prima cosa assicuriamoci che tu non possa comunicare nulla.» Gettò la radio oltre la sponda, nell'East River.

«Ehi!»

«Forse dovresti saltarci dentro anche tu.»

Il ragazzo guardò da sopra la sua spalla, verso la sponda e il fiume. «Va bene. Troverò una spiegazione convincente per il mio capo.»

Ma lei gli puntò contro la pistola. «Salta. Adesso.»

Lui esitava e si limitava a fissarla.

«Qual è il problema? Non sai nuotare?» gli chiese Alex. Non era una domanda oziosa. Non voleva uccidere un altro passante innocente quel giorno.

«Perché sono un nero? Certo che so nuotare.»

Alex lo colpì al petto con la canna della pistola semiautomatica. L'uomo barcollò un po' all'indietro, poi si voltò, strisciò fino alla bassa sponda e saltò nell'acqua.

Alex sbirciò per essere sicura che stesse bene. Galleggiava e non sembrava in preda al panico.

Si sforzò di camminare con calma tornando verso lo studio, prendendo poi il percorso che la guardia le aveva indicato. Tutta quella gente in giro era lo scenario migliore in cui potesse sperare. I civili sono sempre un intralcio per le forze dell'ordine: non importa quale sia la missione, sono sempre in mezzo ai piedi. E Alex ne era felice.

Girò a destra alla fine del sentiero, seguì la recinzione verso l'angolo della proprietà e arrivò a un cancello a maglie di metallo alto quasi due metri. Spinse la maniglia e si ritrovò sul marciapiede di una via affollata.

Una sensazione piacevole.

95

Mentre camminava veloce Alex vide altre due auto di pattuglia dell'NYPD che la sorpassavano, dirette verso lo studio cinematografico. Un sorriso le spuntò sul volto. Stava per farcela. Ora che era lontana da Bennett l'arrivo della polizia non costituiva più una minaccia. In certi Paesi del Sudamerica le autorità chiamavano l'esercito quando volevano sigillare una zona. Preferiva di gran lunga qui.

Dopo un isolato il traffico si diradò e nessuno sembrava preoccuparsi di quello che stava accadendo agli studi. C'era un McDonald's, che sarebbe potuto essere un buon posto per nascondersi, ma Alex aveva proprio bisogno di andarsene lontano da lì. Quindi continuò a camminare, tentando di mimetizzarsi. L'ultima cosa che voleva era attirare l'attenzione.

Arrivata all'angolo vide due taxi svoltare in una strada laterale. Ecco dove doveva andare. Si fermò un attimo per orientarsi. Riusciva a vedere la Freedom Tower in lontananza e, poco distante, il ponte di Brooklyn.

Avrebbe preso un taxi fino a pochi isolati dal suo hotel, poi avrebbe fatto il resto a piedi nel caso qualcuno si fosse preso la briga di seguire le sue tracce dallo studio.

Dopo non avrebbe perso tempo. Avrebbe preso un pullman verso sud e poi un volo, da Baltimora o magari dal Reagan National. Era uno sforzo in più, ma l'avrebbe fatta sentire più tranquilla. Nessuno sarebbe riuscito a scoprire chi fosse o dove fosse andata.

Alex percorse la via a passo veloce con la mano destra vicino alla borsetta, per avere facile accesso alle armi. Nessuno le prestò attenzione. La sorpassò un'altra auto della polizia, seguita dall'unità dei paramedici.

Svoltò l'angolo e vide tre taxi fermi vicino al marciapiede più o meno a metà dell'isolato. Attirò l'attenzione del primo mentre si avvicinava e andò dritta verso una delle portiere posteriori.

L'istinto di sopravvivenza le diceva che non era ancora del tutto al sicuro. Prese lo stiletto nella borsa e lo tenne stretto nella mano destra.

Aveva appena afferrato la maniglia della portiera quando qualcuno parlò alle sue spalle. «Polizia, non muoverti.»

Fece scivolare lo stiletto sul tettuccio del taxi, vicino al bordo.

96

Non appena urlai « Polizia, non muoverti » fui travolto da uno strano mix di emozioni. C'era il gusto dell'eccitazione che ogni poliziotto prova quando fa un grosso arresto, ma c'era anche la rabbia. Era insolito per me. Generalmente in momenti come quello riuscivo a estraniarmi.

La vidi immobilizzarsi, ma non avevo intenzione di correre rischi. Le puntai l'arma di servizio alla testa. Il tassista era un veterano delle strade di New York, sapeva come abbassarsi sul sedile per tenersi fuori dalla linea di tiro.

La donna non si mosse, rimase con entrambe le mani appoggiate sul tettuccio dell'auto. Sapevo che aveva una pistola nella borsa. « Appoggia la borsa a terra. Subito », mi affrettai a ordinarle.

Lei parve esitare, poi si inclinò lentamente a destra e abbassò il braccio. La borsetta scivolò a terra. Dal rumore che fece sbattendo sul marciapiede capii che la pistola era all'interno. La stessa che aveva ucciso la giovane receptionist. La stessa utilizzata per sparare a padre Alonzo. La stessa che quella donna aveva puntato contro mia figlia.

Mi avvicinai un po'. Diedi un calcio alla borsa per allontanarla da lei e mi sporsi in avanti. Con la mano afferrai il suo braccio sinistro, per ammanettarla.

Sentii che si spostava leggermente. Fu un movimento

quasi impercettibile ma, se sei abituato al combattimento in strada, sai bene cosa significa.

Si diede una spinta potente contro il taxi, lanciandoci entrambi all'indietro sul marciapiede. Barcollai ma riuscii a mantenermi in equilibrio.

Poi si voltò e tese il braccio destro, menando un fendente dritto verso il mio viso. Mi abbassai e mi mancò. In quel momento capii che aveva in mano un coltello o qualcosa di simile. Ci misi qualche secondo a intuire che si trattava dello stiletto usato negli omicidi.

Dopo che il primo affondo mi aveva mancato, non perse tempo e mi tirò un calcio all'inguine.

Riuscii a bloccarlo con un braccio e poi provai a risollevare la pistola.

Lei mi sferrò un'altra stilettata che mi ferì l'avambraccio.

La mano mi si aprì di riflesso e la pistola cadde rumorosamente sull'asfalto.

L'assassina la calciò via mandandola a finire sotto al taxi, fuori dalla mia portata.

Avevo la manica della giacca strappata e zuppa di sangue. Impiegai qualche secondo ad avvertire il dolore che mi risaliva per il braccio.

Feci un passo indietro, frastornato, e mi trovai subito davanti l'assassina che mi puntava lo stiletto dritto al cuore. Emise un grugnito, o forse era un *Kiai* imparato in Colombia dal maestro di arti marziali.

Riuscii a spostarmi di pochissimo ma bastò a sentire lo stiletto scivolarmi sulla camicia. C'eravamo andati vicino.

Sollevai il braccio destro e le afferrai la mano, quella che reggeva lo stiletto. Era più veloce di me, oltre che più abile nel combattimento, quindi dovevo far valere la stazza. Non la mollai neanche quando prese a colpirmi in faccia con l'altro gomito.

La sollevai da terra finché non cademmo entrambi. Le atterrai sopra; nonostante tutte le sue abilità, pesava almeno trenta chili meno di me.

Lo stiletto cadde sul marciapiede con un tintinnio.

Sentii che la donna si arrendeva.

Era finita.

97

Impiegai qualche minuto ad ammanettare l'assassina e ad assicurarmi di averle portato via tutte le armi che aveva. Nonostante le manette ai polsi, aveva la schiena dritta e uno sguardo di sfida.

Mi stringevo l'avambraccio, nel tentativo di rallentare l'emorragia dallo squarcio che mi aveva procurato con la sua stilettata. Ma il sangue gocciolava senza tregua sul marciapiede, tracciando per terra un ghirigoro rosso.

La mia rabbia continuava a montare. Quanto dolore mi aveva causato quella donna.

«Come ti chiami?»

«Non ho intenzione di dire nulla ora», rispose lei, con un sorrisetto.

«Non hai intenzione di dirmi chi mi vuole morto?»

«Dovresti averlo capito, ormai.» Mi guardava come se stessimo solo facendo due chiacchiere. «Credo di non aver mai conosciuto un poliziotto tanto determinato.»

«Sei stata tu a motivarmi.»

«Potevi prendere la tua famiglia e andare a nasconderti da qualche parte.»

«C'era un'altra ragione per cui non potevo permetterti di dileguarti.»

«Ah, sì? E quale?» domandò con interesse.

«Antrole Martens.»

«Chi?»

«Era il mio partner, ucciso da una bomba a mano. Non ti importa delle vittime innocenti?»

«Sì, a lavoro finito.»

«A sua moglie e ai suoi due figli importa ogni giorno. E continuano a lottare, forse lotteranno per tutta la vita. Non esiste che io scappi da qualcuno come te.»

«Peccato. Avresti risparmiato a tutti un sacco di mal di testa.»

«Parlerai? Puoi ancora fare qualcosa di buono», le chiesi con lo sguardo duro.

Scosse la testa. «Mi dispiace, ma non dirò nulla prima di aver parlato con il mio avvocato.»

Era finita. Ero sotto shock. «Sei in arresto», trovai la forza di dichiarare.

Lei si limitò ad annuire. «Come hai fatto a capire che direzione avrei preso?» domandò dopo un attimo.

Vidi un'auto di pattuglia che accorreva nella nostra direzione. Rivolsi alla donna un sorrisetto. «Sono di New York. So come si muovono i turisti.»

98

Due settimane dopo la sparatoria di Brooklyn, tutta la famiglia partecipò alla cerimonia alla Holy Name in onore di padre Alonzo. Era stato dimesso dall'ospedale soltanto una settimana prima, ma pareva che la città non vedesse l'ora di rendere omaggio a quel suo coraggioso cittadino.

I media locali avevano sfornato decine di articoli e servizi sul «prete eroe» che aveva messo a rischio la propria vita. Persino il giovane dottore che si era occupato di lui in ospedale aveva goduto di una certa notorietà, ed era stato intervistato a *Today* e su Fox News.

L'interessamento dei media e la carriera leggendaria nella polizia colombiana attirarono ospiti da ogni dove. Proprio dietro di noi erano seduti tutti i pezzi grossi dell'NYPD e dell'Arcidiocesi Cattolica, e il sindaco, i cui rapporti con il dipartimento di polizia erano spesso intricati.

Erano presenti anche alcuni membri della polizia colombiana, venuti a rendere omaggio. Sembravano soddisfatti di essere accostati a quel prete che aveva aiutato a catturare un'assassina.

Padre Alonzo non era obbligato a fare un discorso, doveva soltanto presenziare alla cerimonia e accettare una placca in acrilico dalle mani del commissario di polizia. Era molto rigido; mi aveva confidato di essere ancora un po' dolorante.

Durante la breve cerimonia, Seamus era seduto vicino ad Alonzo. Era raggiante come se gli avesse insegnato lui a combattere. Sapevo che aveva qualcosa da dire.

Mi ero accorto che era rimasto seduto per tutta la cerimonia e mi chiesi se ci fosse bisogno di preoccuparsi per la sua salute, del fatto che tutto fosse troppo faticoso per lui. Ma quando arrivò il suo momento avanzò verso il microfono come l'immagine stessa della solennità.

Abbassò lo sguardo e sorrise ai suoi bisnipoti, proprio come faceva prima del sermone durante la messa della domenica.

Si schiarì la gola per catturare l'attenzione di tutte le persone nella sala e cominciò a parlare con calma. «Alonzo Garcia fa la differenza nel mondo. Quante persone possono dire lo stesso? È stato un poliziotto rispettato in Colombia finché Dio non lo ha chiamato al servizio della Chiesa. Che lo vediate come un poliziotto, come un prete o semplicemente come un uomo, è una fonte di ispirazione.

«Personalmente posso sostenere che sono poche le persone che hanno avuto un'importanza maggiore nella mia vita.» Guardava verso Juliana, con una lacrima che gli solcava la guancia.

In quel momento mi accorsi che un'altra lacrima stava solcando la mia, di guancia. Ma non l'avrei mai ammesso davanti a Seamus.

99

Al ricevimento che seguì la cerimonia conobbi molti vecchi compagni di Alonzo nella polizia colombiana. Alonzo si sedeva ogni volta che ne aveva l'occasione e io ero preoccupato che si stancasse troppo. Seamus gli teneva gli occhi addosso come una mamma chioccia: ci avrebbe pensato lui a evitarlo.

Uno dei vecchi partner di Alonzo era la seconda carica dell'intero corpo ed era visibilmente orgoglioso dell'amico. Si fece avanti per parlare con me. « Conosciamo la donna arrestata per aver sparato ad Alonzo. Alexandra Martinez lavora sempre in una zona grigia tra la legalità e l'illegalità, e girano molte voci. Qualcuno la chiama Dolcissima Morte. »

« Di certo mi ha dato del filo da torcere. Sarei morto, se non fosse stato per Alonzo », risposi.

« Tutti i colombiani in questa stanza potrebbero dire la stessa cosa. »

« Sono certo che Alonzo apprezza molto che siate venuti da così lontano. »

« Vorremmo anche avere le informazioni che avete raccolto sulla signorina Martinez. »

« Non ha detto molto. Ma se non altro ora abbiamo delle belle foto nitide e l'abbiamo inserita negli archivi informatici. »

« Riuscirete a farla condannare, vero? »

« Secondo me abbiamo abbastanza. Non solo per il ferimento di Alonzo, ma anche per l'omicidio della receptionist durante la fuga. Stiamo anche riesaminando molti altri omicidi in cui riteniamo che sia coinvolta. Non si può mai esserne sicuri, ma ho come l'impressione che ci troviamo di fronte a un grosso caso. »

Non appena ebbi finito di parlare con il colonnello, un uomo ben vestito sulla quarantina mi porse la mano. « Mi chiamo Oscar », disse. Aveva un accento particolare, che non riuscii a identificare.

« È qui insieme al contingente della polizia colombiana? »

Lui sorrise e scosse la testa. « No, detective. Decisamente no. Lavoro per un'azienda messicana. »

« Che tipo di azienda? » gli chiesi guardandolo di traverso.

« Proprio il tipo a cui sta pensando. Il tipo che le propone una tregua. Non ordineranno più nessun tentativo di aggressione nei confronti suoi o delle persone a lei collegate. »

« E come mai questo onore? »

« Soltanto un calcolo economico. Non vogliamo guai. Non vogliamo violenza. Entrambi costano. Quello che le è accaduto non doveva succedere. Le porgo le mie scuse più sincere e personali. E le assicuro che non capiterà più. »

« Le dispiacerebbe condividere queste informazioni con qualcuno dei miei colleghi o degli ospiti colombiani? »

« Preferirei di no. La mia intenzione era solo portarle i

miei rispetti. Era un messaggio di cortesia. Non avrà mai più bisogno di controllare dietro le porte.»

«E mio figlio?»

«Non si ripeteranno più aggressioni in prigione. È al sicuro. Almeno da noi.»

«E se io le credo e abbasso la guardia, chi mi garantisce che non si tratti di un trucco?»

«Non abbiamo bisogno di usare trucchi. Abbiamo a disposizione un esercito. Avevamo scelto di non servircene e di assoldare qualcuno che aveva un'ottima reputazione. Ma quella persona non è stata in grado di portare a termine l'incarico. Ora io invece ho completato il mio. Può scegliere di credermi oppure di non farlo. Ma la vita continua. Buona giornata, detective.»

Avrei potuto fermarlo. Ma poi cosa avremmo potuto fargli? Non c'erano mandati nei suoi confronti e non si può incriminare un uomo perché forse è vicino a un'organizzazione criminale.

Qualcosa mi diceva che era sincero. Andai verso Mary Catherine e la strinsi in un abbraccio. Lei si abbandonò contro il mio petto.

Mentre guardavo Oscar allontanarsi, qualcuno mi toccò il braccio e mi fece sobbalzare.

Mi voltai ritrovandomi davanti il volto sorridente di padre Alonzo Garcia.

«Siamo un po' nervosi?» chiese.

Sogghignai. «Mica possiamo essere tutti dei preti eroi.»

Scoppiò in una risata. «Non dire sciocchezze. L'azione è l'unica soluzione per uomini come noi. Ho fatto la scelta più semplice.»

« E nel frattempo hai salvato mia figlia. E quindi anche me e la mia vita. »

Lo abbracciai.

100

Partecipai a molte delle udienze del processo ad Alexandra Martinez. Qualcuno aveva assoldato due dei migliori avvocati di New York. Obiettarono su tutto, dalla cauzione allo status di immigrata della donna. Volevano tirarla fuori di prigione in attesa del processo.

Poi si alzò la pubblico ministero. Per una volta tanto aveva delle buone ragioni per essere compiaciuta. «Vostro Onore, la signorina Martinez è stata accusata di due omicidi per i quali abbiamo dei testimoni oculari attendibili. Attualmente è sotto inchiesta anche per altri sei omicidi commessi a New York.

«Ma, prima di occuparcene, devo avvertire la corte e la difesa che le autorità italiane si sono messe in contatto con me per avvisarmi che stanno per emettere un mandato d'arresto nei confronti della signorina Martinez in relazione a un omicidio commesso a Roma due anni fa.»

Era raro che un pubblico ministero avesse così tante frecce al suo arco davanti ai potenti avvocati assunti da un cliente ricco. Si stava divertendo. Protrasse per un po' il piacere rimanendo ferma in piedi anche dopo aver finito di parlare.

Un reporter del *Daily News* di New York si sedette vicino a me. «Ma esistono grossi casi in cui lei non sia coinvolto?» mi chiese.

« In realtà in questo sono solo un testimone. Perché le interessa? »

« Non mi convince tutta questa storia del prete eroe. Vorrei conoscere meglio i fatti per permettere ai lettori di farsi un'idea su chi sia il vero eroe. »

« I fatti sono quelli. Lui ha salvato la vita a me e a molte altre persone. Perché le sembra sospetto? »

« Perché il sospetto vende più copie e porta più clic. È anche molto più facile che investigare su qualche truffa in municipio. »

Mi limitai a voltarmi per seguire il processo. La vita è troppo breve per perdere tempo a parlare con gli imbecilli.

Rimasi abbastanza a lungo da sentire il giudice dire: « Nessuna cauzione ».

Era tutto quello che volevo. Almeno per ora.

101

Tornato a casa, quella sera, mi godetti la cena italiana preparata dalla mia fidanzata irlandese.

Seamus era in stato di grazia.

« Padre Celeste, grazie per averci permesso di ritrovarci qui tutti insieme », disse, mentre ci tenevamo per mano. Non poté fare a meno di guardare verso Juliana. « Grazie, nel nome di Dio. »

Risuonò un « Amen » particolarmente sincronizzato da parte mia, dei bambini e di Mary Catherine.

Dopo cena, quando ormai era tutto pulito e i ragazzi erano impegnati con i compiti, Mary Catherine si rannicchiò vicino a me sul divano mentre io fissavo le luci della città.

Mi mise un braccio attorno alla vita e appoggiò la testa sul mio petto. « Michael, sono pronta a sposarmi », sussurrò.

Non l'avevo previsto. Fino alla morte di Antrole era stato un pensiero fisso. Ora invece, sentendo quella donna bellissima, che amavo più di ogni altra cosa al mondo, dire che voleva sposarmi rimasi senza parole.

Lei si sedette composta e mi guardò negli occhi. « Vorrei farlo presto. In realtà, vorrei farlo il prima possibile. »

« Sei preoccupata che, se aspettiamo, Seamus non possa più officiare? In effetti ha l'aria un po' stanca. »

«In parte. Ma più che altro è per te. Per te e per loro. Ti amo, e non riesco a immaginare niente che desideri di più di sposarti e crescere questi ragazzi insieme a te.»

Mi sedetti e le diedi un bacio. Ci baciammo così a lungo che i ragazzi cominciarono a rumoreggiare dalla cucina, dove facevano i compiti. Chrissy diceva di avere la nausea. Quindi era stato un buon bacio.

E non sarebbe stato l'ultimo che sarebbero stati costretti a vedere.

EPILOGO

Cinque giorni dopo la cerimonia in onore di Alonzo, la famiglia si riunì nel nostro appartamento nell'Upper West Side. Un'ondata di emozione percorreva i presenti. I bambini si spintonavano sul divano o sul tappeto per accaparrarsi le posizioni migliori per vedere lo schermo del nuovo laptop che avevo comprato per Trent e Eddie. Ne avrebbero avuto bisogno per le lezioni speciali alla Columbia University.

In mezzo al pubblico spiccava Seamus, emozionato come un bimbo di otto anni a Natale. Io non avevo toccato il computer: l'avevo affidato a Eddie e gli avevo chiesto di impostare la videochat. Fissavamo sullo schermo un amministratore della prigione mentre aspettavamo di avere una connessione stabile.

Quello era il premio per il contributo fornito da Brian alla soluzione del caso. Io e il sergente Marcia avevamo scritto una dichiarazione giurata sull'aiuto apportato in un caso che non solo aveva danneggiato un cartello della droga, ma aveva anche portato alla cattura di un'assassina ricercata in tutto il mondo.

Non era abbastanza per farlo rilasciare, ma il giudice l'aveva fatto trasferire in un programma di media sicurezza per giovani detenuti al Mohawk Correctional Facility, nella contea di Oneida. Così sarebbe stato più vicino a noi e, dopo quello che gli era successo, anche più al sicuro. Una delle altre concessioni era la possibilità di fare una videochiamata alla settimana. Questo voleva dire per noi avere ogni settimana un resoconto video delle sue condizioni.

Sullo schermo apparve il viso di Brian. Alzai il pugno come se i Giants avessero appena segnato un touchdown. Si trattava di una piccola vittoria, ma con quello che avevamo passato mi scoppiava il cuore. Fu fantastico vedere il suo sorriso che si allargava mentre guardava sullo schermo i suoi nove fratelli e sorelle, suo padre, il suo bisnonno e la sua futura matrigna.

Ognuno dei ragazzi lo salutò singolarmente e chiacchierò con lui per un minuto. Sono sicuro che nel fissare i limiti di tempo concessi per le chiamate dal carcere, nessuno al New York State Department of Corrections abbia considerato la possibilità che un detenuto avesse una famiglia così numerosa.

Poi gli parlarono tutti insieme per un altro minuto.

« Com'è il cibo lì? » domandò Ricky.

« Un po' meglio che a Gowanda. »

« Che computer stai usando? » chiese Eddie.

« Non è di marca, questo è sicuro. Qui insegnano anche informatica. Sono tutti computer assemblati con parti ordinate all'ingrosso. È davvero brutto, ma fa il suo dovere », rispose Brian con una risata.

Mi resi conto che la vita in carcere aveva fatto archiviare a Brian tutte le sue vecchie idee in materia di vita lussuosa. Ma sembrava in salute. Bastava il suo sorriso a rallegrarmi.